波纹

陈广德◎著

陈广德散文诗选

中国言实出版社

图书在版编目（CIP）数据

波纹 / 陈广德著 . —— 北京：中国言实出版社，
2020.5

ISBN 978-7-5171-3466-4

Ⅰ . ①波… Ⅱ . ①陈… Ⅲ . ①散文诗—诗集—中国—
当代 Ⅳ . ① I227.6

中国版本图书馆 CIP 数据核字（2020）第 084226 号

责任编辑　肖　彭
　　　　　　张　朕
责任校对　赵　歌

出版发行　中国言实出版社
　　　　　　地　　址：北京市朝阳区北苑路 180 号加利大厦 5 号楼 105 室
　　　　　　邮　编：100101
　　　　　　编辑部：北京市海淀区北太平庄路甲 1 号
　　　　　　邮　编：100088
　　　　　　电　话：64924853（总编室）　64924716（发行部）
　　　　　　网　　址：www.zgyscbs.cn
　　　　　　E-mail：zgyscbs@263.net
经　　销　新华书店
印　　刷　北京中科印刷有限公司
版　　次　2020 年 6 月第 1 版　　2020 年 6 月第 1 次印刷
规　　格　880 毫米 × 1230 毫米　1/32　6 印张
字　　数　80 千字
定　　价　38.00 元　　ISBN 978-7-5171-3466-4

目　录

第二辑　蜿　蜒

第三辑　如　毂

第一辑 起伏

　　是炊烟里透明的爱情，把风在相约时的柔润一点一点瓣碎，一点一点，用在错落有致的光斑上，银子一样的掌声，此起彼伏。

　　此起彼伏在溪水濯洗过的词语里，欲说还休。

　　　　　　　　　　　　——《清香点燃的相思》

乡音

如你的注视。

临河的澎湃里有飞蛾扑向被老屋包围的时光。枝叶参差，不断涌来的路径上，纸飞机一再降落，那些远去之物应声而起，仆仆风尘，

复述内心的柔软。

复述更深远的季节，如你的相拥。

蝉鸣穿越牛哞在蝶翅上荡着，灶台让烟火之势，

流连忘返。

在尘草之间，逃离或湮没。

那些带刺的凉意，纵横的裂痕，浑浊或清澈的溪流，

沐雨栉风，如你的磨难。

——月光下，你宽容的叮嘱，

洒满我的失眠。

天柱峰

身怀绝技才能一柱擎霄。
此时的酒，把醇香当作一种降临——
让你心怀天下，在空旷里埋下心潮起伏。

起伏如莲花，把初绽时跻身在此的壮观吟哦给风。
伸开双臂的风，把向上的生长和向下的耕作搁在你的静谧里
抽穗。或者借剖开的毛竹引来光芒，把生米煮成熟饭，让书馆里
不再是
空无一人。

放下起伏，用别致的石伸出俯首，在不同的高度抛开浮云，让
攀登的他们一口气吸回信念。
那根冒出过仰望的嫩枝，悠悠的，
向你靠近——

是谁再一次把酒，问汲取了世间风尘的倚天花开，何时能让深
藏着的芬芳，像树荫一样铺开，
随处可闻……

一片叶子在落

鸟的翅膀里还没有秋风的呓语。

一片叶子，如谁的抚慰的手指，向尘埃里落去。

我的尘埃，比尘埃更低。灯光还没有生根，伤口上还有盐，
还没有化成醒来的泪滴。

她就在落。

她的伸展，

她的青翠，

还没有写进告别赋里。

也许她只是想铺下一点柔软，让我在转身之前有一粒慰藉。

而我的暮色已深——

心头的曲子，已经没有了音符，

一页纸，坠进自己的雾里……

她，还在落。

我能在此时蜕一次皮，长出一棵树么

——让这下落成为返回，枝头上，

再一次摇曳葱郁……

还是那场雨

雨滴带着外省的锤。

风无定向。
老旧的夜，让灯光完成对自身的突破。
窗子记起了许多年前的造访。

——都有离弦的辽阔。

一条河又被锤打了一遍，大珠小珠，顺着玻璃上的激动写出曾经的韶华，也许是我们丢失的日子——
那些积攒过的晶莹，正成为压仓底的唱腔。

树在摇晃。
叶子上蓄不住过客的给予，虚空中，有什么在发亮。

竹海

——流水声结队而来的时候，叶子滴下的静，就更静了。

竹寮是一朵蘑菇，它张开伞，鸟说的话就细碎起来，像是给静加上偏旁。

像是给那块石头，加上星宿之心。

蝶翅如花开。

如某次拥抱里上升的往事。也如沏一壶绿茶，在袅袅中揽过一些云影。

风淡。

体内的虚无更淡。

无声的节奏让一些腰肢凭空挺起好看的纤纤，小径修炼出妩媚。

几根裸露的根须，在轻轻地发音。

——就这样辽阔开去。

星空。风巢。云川。装满了绿色的海。

多么深：

一半是欲飞的儿女一样的翠鸟，

一半是新识的汉字独立成个时的波纹。

遥远

——能够用地图测量的，肯定不是遥远。

除非你告诉我，你心上的裂纹，曾经有过美丽的花边。

......曾经在令人窒息的夜里，无数次加快节奏，无数次被红色的苍耳粘住了怯懦，无数次触碰冰冷的星宿，

让影子，一次次挖深额上的沟堑......

——用能够返回的泪水靠拢隐忍，把欢歌唱出沧桑的色彩，让平滑的瓷，拥抱冰裂纹，

而旋涡，刀尖，古老的城堡和地壳的移动，都是你踉跄的隆起，

都是你胸中的峰峦......

——哦，这其中的孤独，也是让我膜拜的孤独

——有残缺，有遗憾，

但你把每一次蹒跚着登上的星河，都当作

此岸......

梧桐树下

那个下午，细雨没来。

梧桐树，把一些光亮搬到了书房，看着我把那堆汉字挑了又挑，拣了又拣，没发现元青瓷从乱花迷眼中逸出。

不觉天色已晚。

有掌声从梧桐树的叶片上翻墙入户。

我脸红了，把一捧年轻说成迟暮。

年年落叶。

今年的秋，有在七月中醒来的浓睡，静静的望着梧桐树，一层一层摇动眼前的清流，鞣制仙风道骨。

在秋风里接见西楼上的长短句，感觉天空中又栽下身外之物。

我把这事告诉了梧桐树的落叶，

他说，甚好，也不枉天幕下有一只蓝色的湖。

味道

酒走了。

酒的袅袅在飞。它在你的呼吸中看见了自己白色的影子。

羽毛一样，飘飘着对月光的向往。

那种晕晕的对灌顶的向往啊。

多么辽阔。

曲终人不散。

站到梦乡的俏枝上，把平常的日子揉搓出小溪的潺潺，间或，有酒香。

越嚼越筋道的日子，就那么把意味一点一点，拉进花瓣，拉进有着诸多瑕疵的弱小里，拥抱着亲吻。

风波浪里，

密集着硬币一样的飞翔。一朵飞翔把自己的尾巴看成花蕊，仿佛不是在盛开，只把香气

当作迟来的泪。

相见欢

船在靠岸。

船用无声的棹，滴落水袖一样的洒脱，芬芳溢出眼底。

波纹有如草木的先知，在相见之前开始慌乱。

那只白鹭像一个逗号，偏爱起落中被转折的部分。

破雾而来的风，托起了昨夜的翘首。

梧桐有些晃动。

花如火。

从船底苍茫过的浪里析出舞步，妖娆，开合，星辉挽住小别的皱纹，拉上的窗帘，不是谢幕。

码头再一次镶进别人的梦，镶进重复了一千遍的风月。

水中的碎银，牵不住风筝的线，

只买来另一些等候。

影子

它知道的也许更多。
在暗处它是更暗的存在，在更深的水底，
它静坐。

我无法与它交流。
它自顾自地跟着我。似乎与我对峙，又用模仿，告慰另一种
等待。
且绵延不绝。

面对同一轮落日，它拉长一个动词的静谧，让想飞的欲望，潜
伏在一小片黑里，又慢慢地沿着山坡和暮色融在一起。
直到眺望点燃了灯火……

直到桃花，也知道了倾泻是一次照耀，春风因此松了松手，它
遂把向上的通道，留给了我——

它有深邃之心。
它把自己一遍遍矮化，
仿佛那片麦地，刚刚被收割……

茶香

用祥云一样的绽放，

把清悠的嗓音茁长在水袖般的阳光之中。

香爽，醇郁，如你回首时的笑靥，让栖居地开始翩翩，如同遇见了断桥，

在迷人的味道里重生。

天赋浩阔。

不论浮世的桃芳柳明，远远近近的阶梯牵住马的那缰，那驮子，让古道行走在典藏的折痕里。

与江水相遇的地方，有杳渺回顾失踪的峰峦，

绵延条索的坚定。

把心底的潮汐都放进汤色，鲜亮无数在时间的金毫中斜卧的从容。

此时不需要浅翔的鱼，也不需要一飞冲天的鸟鸣。

静静地，自有回甘从陡立的岸边，

颤动。

在静谧中独显的你的身影。

把清澈摇曳在沉思的光的来路上，一支婷婷而来的纯净的谣曲，不回首，也回首，以缭绕的姿势，

穿过唯一的门，铺展可以弥漫的浓郁

——已经是千山之外，你在祥云中入梦。

雨线

飘洒生出的一些雨线，让新芽一样的纸蝶一声不响地被流水收走。

——像幽怨的叶，回不了根的怀抱。

雨线在飘。

因此消瘦了那丛诗意，一任心曲在发酵前被断臂劫持，丢弃给毫无来由的冰雹。

还好。

还有密不透风的包容，转换过一些场景。

场景里，有一条细若游丝的路，飞翔着并非可望不可即的高。

——雨线装订的小集，用第 29 页收留的芽，突然就有了灵魂，让源头里那缕至善的湿润，

在回眸中粲然一笑，

一切都还来得及追寻——

有重逢，就会有不朽……

余晖

余晖通过长途车来到这里。

光阴像是碎玻璃，一块块，峭壁一样。

裂痕从不把中年之后的闪电，

当作一种洁癖。

人世间的路，再次用虹桥拼接。

天蓝着，有听肖邦时的安静，也许是翻完了往事，留不下一声
叹息。

留不下一块薄雾，掩盖体内的断崖。

自斟自饮的时候，

才发觉，空腹的俯冲之地，有一块幽暗，

湿漉漉的。

掌心

抚你。

一如那圈有着横截面的风，渗透了风铃。

被蛊惑的春天，开始以一小片绿，掠走冬的面具。

你再不能安心地坐在桃树建造的巢里孕育闪电。

仅有的种子，就留给可以点燃的嗓音，

可以喊出我前世的嗓音。

一首诗的胚胎，和着半生的激动，

就这样从必经的芳草地上，结出了可以用温热浇灌的名字。

你的名字，在我掌心里摇曳着表面的拒绝。握紧，也许是另一
种花开，在你心的向往里，

等候。

在我低回的歌里，

等候。

等候一次灼热的上升，

和雷雨……

河畔

她坐在河畔。

她在纵容着暖光的春水边，澄净关于倒影历险的想象，以及风把风声让水波挡住时的

悬念。

风从南方来。

南方的风把倒影伺候得高低不平。

仿佛前行的船，把以前的故事都放在可以摇摆的浮云里，不再回头去看。

成群的清香就在这时涌来，

水波一样。

新日子一样。

用盛开的胸怀，推杯换盏。

她站起来了。

身后的鱼，刚游到，岸边。

桃花源

画舫。

连起了去年和今天，水流十八里，你捡起了端坐在涟漪之上的日子。

风摆柳梢，黑发有几丝不服。

这里，或许是桃花源。

浪，打浪。

弯弯的云，在水里游。

我爱上了玉一样的润。

山在背后的竹林里结出鸟鸣，婉转如笛，其中的停顿，打动了一个人的心。

不为来世。

在一起，回到分分秒秒。一波一波的月夜，十八里变短，水流变稠——

我邀来光阴在画舫上洗去风尘。

天下人在天下，有依恋，可耕田。

山中，读过的日子

一如独隐的灯盏放出最后的光。

那条上山的路停不下来了。高山在高，倦鸟飘进深处。

四月的落花穿着芒鞋。

我在海岛第七页碰到过的小调又抬高了几分。春天的衣衫勾勒出起伏，一些树，把读过的日子排成鳞片，

闪闪的是他的香息。

闪闪的，是出山的水流，也停不下来了。那雕刻过峭壁的清澈，弯了一下，又弯了一下，

去他想去的地方了。

点水的蜻蜓

又听见落日跳水的声音。

草叶的香仿佛是时间溅起的微波，你此时的脚步停了一下，很像是那只点水的蜻蜓。

沿坡道向前，废弃的电灌站抬起一些树影。

风，从我的心中吹出，带着当年青青的抒情。

又一片云儿游来。

它飘逸的样子获得过我们的热爱，好在它是故乡的。

当时的小河弯弯，上弦月，

走走停停。

本色

花要开。

凉风起自幽巷。阳光轮换着照耀这一切。

宋词里的叠加抵住了淡定的诱惑。

蓝天在扫白云的叶。

有一些急着要开放的名字，不惜用旧时光剥落的金粉涂抹前朝的稗子。

悬挂是一种飘，深渊是另一种。

风景，忽明忽暗。

都绽放了。

恰有一场雨，摇晃着，洗出醒来的

本色。

倚云的暖

用翡翠一样的天晴，黏住这些可以飘香的片片鸟鸣。

千年不远，以落花抵达每一段绽放的相遇。

或是药，把我在尘世里的苍白，调理出金色的饱满了。

声声染衣。

让冠以王的身姿庇荫耕读传家，让花以初时的模样等待我的停留。让时光漫溢渐次丰盈起来的心情，呵护每一朵过往的云。

让我，系了行舟。

就有一片沉醉在午后的素朴里芬芳。

天然的俏于无声处袅袅，婷婷出一份倚云的暖。

我把有声的采撷线装进那折册页，就有一句"八月桂花遍地开"！在桂花一样的馥郁里，追赶着长出怀念。

还是鸟鸣。

护卫这些鸟鸣的，是造梦者和他手足一样的伙伴。他们把鸟鸣种植在流香的岁月，和我的仰慕之中，繁衍成村了。

婀 娜

静坐着的晨云崮，把揽来的春的私语，放在我的耳畔，
让躲起来的野花，开始婀娜。
枝头上的绿，是被叫醒的细浪，一下子，就涌出了辽阔。

我也是春的细嗓里那粒月光的柔，从晨岚的袅袅中汲取思念。
旧寨的桃花婉转了小路上的身影，我的灵感在谣曲里绯红，一路吟
哦，自此便有了着落。

——白云飘来，
在云雾湖寻找去年的舞伴，
被我顺手一扯，就染上了这里的粉色……

婆娑

风来。

被拥抱的滋味里起了潮汐。

线条生动，是她丝绸般的心，在月夜的回流。春天了，树，也知道散开曾经深藏不露的浪花。

这是好光景啊——

或扶疏，或蓬松，或盘桓……

她把微微的晃动招摇在可以返回的目光中，一些被点燃的芬芳，正小心翼翼的，

飘远。

笛声起了。

悠扬的笛声，让故乡的力气在云雾湖上持续的馈赠花开。

她的长发，让村庄的时光，产生了不易察觉的

动感。

——她把一冬的蛰伏，都甩给用春风摊开的雨，越过了去年的相思，

招来新颜……

荷园，在香里深了（组章）

清香点燃的相思

一脉相承。
用前世五百次的回眸，承载今生醉了的相逢。

一座园，在荷用清香点燃过的相思里千姿百态。那滴泪折射出优雅的碧，圆润着一种用沉吟才能翻滚乡愁的旖旎，
施施然，越来越纯美了。

是炊烟里透明的爱情，把风在相约时的柔润一点一点掰碎，一点一点，用在错落有致的光斑上，银子一样的掌声，此起彼伏。
此起彼伏在溪水濯洗过的词语里，欲说还休。

在金桥荷园，以平静的品性等待小小的摇曳。
此时，宜低调，宜恬淡，宜悄悄地与清香执手。而风情，是柴米油盐的细腰，款款在远处，孕育一次绽放。

丝，在一种缠绵中盛开可以萌芽的相约。连就连，百年不远，有诗句在其中荡漾，有月色在其中结晶。
出淤泥已能不染，经久别更见真情。
躲雨的伞，正把游鱼的梦把握出修炼的细节。

阳光下，是谁晾晒了可以飘飞的曲子，就有芬芳醒来，把迷恋瓦蓝成倒影。

叶子亮了。

踏歌而来的莲叶，把蝶翅翩翩的传说，亮出钟情在人间的回声，舒展一片好水。两千亩荷园，以重逢的身段涨潮，

如七夕。

清丽在每一丝记忆里

一株月色从荷的簇拥里探出身来，在风中一转头，就把婷婷的妩媚，抛在荷的每一寸荡漾中了。

如同荷的蕊，清丽在每一丝记忆里。

月色含香。

可以溶化可以流动可以飘升可以绕梁的清香，把与爱相连的每一盏灯火都放在荷塘里漂染，就有意想不到的回音开放在你的襟怀，驱散烦扰，荡去尘埃，让弦的颤动清澈出舒缓。

而喧嚷的夏，就在这香里深了。

月色凝露。

凝露的月色圆润在荷的手心里，或啼，或舞，或梦，或绽。是一种爱抚，也是一种赞叹，淡了咸涩，纯了思念。

就让这滴滴月色凝聚的露，替我们亮着——

守护这一方圆满。

月色高洁。

以亭亭玉立纵容着峰回路转——那飞去又飞回的闪烁，高了又低了的话语，轻了又重了的家园。

在那株高洁的月色眷恋着的荷塘里，乡愁越来越近了。

幽深风景中的一点点红

用瀑布的溅落凝聚成诗情——给你，
给我的荷境。

荷境是青葱的，青葱得没有一丝哀怨。
荷境是低调的，低调得不带一点悬念。
荷境流露清风，是诗的行进；
荷境透出亮色，是情在怦然不已之后的弥漫。
而让这荷境动起来的，还是那只蜻蜓。

要多少年的修炼才能成就这荷境啊
——正像饱含了多少思念的字，才能写成诗情。

就让荷境在春的最深处赴约，在夏的馥郁里辽阔，在秋的成熟中沉静，在冬的最冷时孕育。
诗情会在这一次次的移动里涌起浪花，和啼鸣。

天生的清纯接近一种被唤醒的引力，水一样洗过来的，是从容。

在遂宁观音湖，让诗情荷境从容地融为一体的，是一次次的阅读，一笔笔的勾勒，一波波的倾诉，一卷卷的幽深，一遍遍的风景。

和在那幽深风景之中的一点点红。

涟漪诠释着荡漾

在阳光舒张开来的辽阔里，铺展出倩影。

就有别样的红，由着珠玉一样的圆润一次次哼着小曲，把那么多的迁徙排列成可以遐想的芬芳。

就有敞亮的风，由着倩影摇晃。

是潮。浓淡深浅，不一般。

是画，寸长尺短，任意挥洒，可剪裁，可珍藏。

从听雨的世外赶过来，才能有接天的运气，映日的守望。

你一定知道了，这时的夜晚为什么会短于白昼，

小溪，为什么总是从高向低，一路徜徉。

可以清热解毒的莲子，是在此时长成的吧？

就有涟漪，诠释着一些荡漾。

是一场旷世之约，在风和日丽时牵手，去相互聆听的季节里闪烁光芒。

天籁在其中升起。

那条纱巾，用可以飘展的红，映衬这片澄碧。一路的艰辛，让才露出尖尖角的荷冲撞得无影无踪。一声婉转的鸟鸣，把心中的铜铃撞响。

就有未曾见过的愉悦，成为心湖里高悬的阳光。

亚麻的呈现（组章）

平淡

平淡是真。平淡用自身的孤独融汇真情。

如亚麻——

在质朴的山野里抱素守寂，是黄土路，清水塘，茅草屋，打麦场。

也如历史的那页黑白插图，不断地掀起记忆，关于原点的记忆。温暖的记忆。一点点在记忆的经纬中展露从容。

平淡是安静。平淡把生命的醇厚引渡给安静。

此时，云淡风轻。

与肌肤的相依相伴，让亚麻的安静成为一种可以冥想的忠诚。

可以回望——烟云俱逝之后的平缓岁月，在风雨之中不肯褪色的旧日姓名。人在亚麻的纹理中透明。

在平淡中恒久。

在安静里与内在的馥郁浑然一体，是亚麻的挺拔和豁达，谦逊和清醒。

绚烂

静生香。香生绚烂。

亚麻花，以蓝色的高贵果断发声，声色浓郁；亚麻布，用凹凸的纹理突出油画的质感，仪质丰妍。谁的一生中能有这样的迸溅——

足矣！

那画，用外在的深沉或明丽接纳内心的揉搓或酣畅；那蓝，把远古的朴素和寂静在如今的绚烂和浩荡中呈现。

灯，有芯；火，有焰。犹如在生活的良药苦口里裸露的诗，仿佛在人生的风霜雪雨中绽开的梦。是诗的笑容，是梦的温馨——

是绚烂！

——乡路旁那株繁茂的树，江面上那叶饱满的帆！

此时，需要忘我，需要把此前的跋涉和此后的凝定省略，哪怕只有一瞬，一瞬——

也是绚烂！

宽厚

经历了成熟之后的沤制的痛苦，才迎来崭新的一片天。如同弃舟登岸，走上经纬纵横的青石板路；仿佛破茧而出，遨游风光无限的天上人间。

却是洗尽铅华呈素姿——

且宽，且厚，不让乱花迷眼。

一切都已过去，何必再去纠缠那滴水的欺凌、那点泥的蹂躏。
来路漫漫，谁没有过惊恐，痛苦，泪水，疤痕？

相逢一笑泯恩仇了。

也许还会处偏居远，一任过去的风从过去吹来。
也许聚光灯突然亮了，依然平实，朴素，毫不做作。

在宽厚的胸膛中，飘荡留恋和谅解；
在宽松的氛围里，流淌古意和梦痕。
在典雅里一点点溢出芬芳，在澄明中一次次点亮光阴——
最适合携一人白首，择一城终老了！
茶酒清淡，亚麻宽厚，尘世苍润……

明丽

在生命的另一个端口，亚麻屑以明丽示人——
作为纸的原料，又一次以奉献和旷达展现情怀。

似是闲来之笔，已有绵长气象。看是粒粒碎屑，能蕴风神
精彩。

就把一种担当，一种品格，悄悄地融进明丽之中。

明丽，是一种敬重，

31

是一种舍弃自己超脱凡尘的境界。

春蚕到死丝方尽，蜡炬成灰泪始干——
是明丽！

在奔波和磨砺之后的心气朗清是明丽，
在有限中蜕变为无限也是明丽啊——

以短碎之屑化为长整之纸，其间的追求入明入丽，其时的方物
不可比拟。
越千年，有明丽在，雅俗不拘。

谷雨茶（组章）

一个季节颤动在一片叶的内心。

——题记

谷雨茶园

日月沉浮在一尖绿、一片绿、一山绿之中。

处处惊，闻春的无始无终。

一支歌，赶上了袅袅的腰肢。

爱，正含苞。脉脉，等着被唤醒。

一叶一音符。

分明听到了明亮的环佩在枝杈间的舞蹈。带着阳光引燃的欢腾，奉献内心的宽阔；融进月华流泻的温雅，保留周身的柔情——

在洁净的雨后，从安静的土地上，透露香醇，

和轻盈。

盘着发髻的小风，顺着如波似浪的生活而来。起伏之中有念想，垂首时，看见了那抹笑颜里的娇羞——

谷雨茶，尚待字闺中……

明前毛尖

此时的静，在茸茸的毛尖上悬垂。

一滴雨，越过了暗恋，在折腰之后，成为这个季节最近的风景。

在好空气里静坐如禅，在好时光中吐露腰身。慢下来的是山岚在这里的留恋，跟上去的是诗句在叶尖上的清灵。

小小的雀舌一样悦目的乡思，正朝向襟怀

飞升。

被飞升击中的月色，把那句呢喃铺在翠一样的春意里。溪畔，吹箫的身影，在篝火的焰心中跳动——

从紫砂的匣子里流出的诗文，吐香，

在茸茸的毛尖上翕张的汁液，有情。

春分时节

一声鸟鸣，落在春走了一半的肩上。小径，把伸向远方的清香，丢在可以传承的梦里，若沉若浮，若隐若现。

很轻。

春天从这里走向辽远。

而一芽叶，仿佛舍不得吐出的羞涩，还在舌尖藏匿。另一芽叶，好奇地打量开始荡漾的春风，带给小河的那片细浪，带给春燕的那段飞行。

云，淡一些。
是能够感受清新的一抹。
歌声，低一些。是可以凝神聆听的婉转。
春水，弱一些。是可以洗眉刷目的清澈——
春分时节，纤纤的芽叶已足够你心动。

在海天之间（组章）

有凤来仪

我无法穿越昨天。

无法在海潮的前赴后继中回到从前！

馨风柔柔吹来，车流蜿蜒而去。我在凤仪台上的沉醉，是今天的沉醉——虽然她连接了古今，连接了久远！

有凤来仪！

在我仰望和平视的高度，画一道弧线，如树的花，天的星，是风景的生动，是风情的必然！

翔舞着心中的铃声，温润出目光的爱恋——涤尽风尘，延伸富丽，在俗世里展现高雅和慈祥；底蕴丰厚，枝叶葱茏，在高远中磨砺坚定与伟岸。

在我不能穿越的瞬间，有什么正穿越我的躯体，淡淡然，托起我飘逸的灵魂和思念！

歌舞升平！凌霄在前......

红场星火

最雄辩地证明着：星星之火，可以燎原！
从 1927 年走来，由 5 万到 5 万万，到 15 万万！
风雨、曲折、坎坷、磨难，鲜花、辽远……

红宫红场，
她带着一粒火种和一段艰难的岁月在激情的怀抱，在无序可依
的海天之间——
成为一往无前的象征，成为经典！

是在血与火的锤炼中踏实而坚硬的台阶，
新中国由此而来！

金厢银滩

不倦的！无论进退，都把坦然和柔美呈现！
曲线是悠然的心境，白净是纯洁的裸袒。
年复一年，在永恒的背景之下：初衷不改，温婉不变。

阵阵松涛，让自豪栖息在掌心；
潺潺山泉，把歆羡交代给水流。

无论仁者智者，都愿在这里沉浸驻足——每一天，都是刚刚
打开的新书啊，展露给你新的舒朗和明晰。

哦，把这一片海，修炼的如此清幽而又绮丽，是鬼斧神工的厚爱，还是海天痴恋的产物？岁月不语。

在时光的温润里，灵秀的愈加灵秀，刚毅的越显刚毅，纤柔的更呈纤柔。而这一切，又是那么和谐地依偎在你的怀抱——
铭刻在游人的记忆里！

爱在月河的倩影中（组章）

荷月桥边的邂逅

是那次折返解救了你的刀锋？我在切开的紫色梦幻里半醉半醒。

时间停顿。遥远的管弦声响起一串颤抖之后，

近了。

前世的小令在今生吟哦。荷月桥边，是运河的词卷抽出了一页短笺，你就是那朵飘香的茉莉，在纸端上垂青。

我是落英满径之后的转世，今朝的邂逅，是满身花香的归来么？

"春在这里回！"

你用被岁月覆盖过的隽永昭示我，旧景宛在，繁华依然，一切恍若梦中？我在杜拉斯的《情人》里动情：你来了，就是那杯醇厚的美酒，在月河的辉映里升腾。

此时没有烟雨，你的衣襟含露；此后应无泪痕，春花秋月，任尔采摘烛影红——

前盟在，今相遇；

再不负，相思情！

踏月桥上的牵手

走进老街的风韵，也走进诗意的阡陌里。

光滑的青石路太短，短到就在我含情的一瞥中；悠悠的里弄太浅，浅在你我的盈盈一握，再没有松开的十指之间。

牵手踏月，双双倚栏，看朦胧月河带娇羞。

我曾打马狂奔，苦寻那缕茶香。

你也倚窗咀嚼月光，咽下一瓣瓣咸涩。

桥下这些闪闪发光的旧事，荼蘼一样谢了，随水流去。春还在，还在胸口的最里端深深藏匿。

是翩若惊鸿之后的驻足，是心手相牵之中的享受。

夜鸟在遥远的树上沉沉睡了。

岁月醒着，醒在宋词的意境里，窈窕。

此时的无声，你懂，我懂。如约而来的是你黑发里泛白的热恋，是我额头上变深的帘影。

浑圆的，是指尖轻轻的一碰——

白云深处，有新火正烹新茶。

香缕缕，飘向月河中。

月河桥畔的相依相伴

光影是此时的鱼龙舞。

雕花的老窗，正把月河桥上的粲然，收纳为风情。

千百年前的一段故事浑圆着赶来——水草鸣叫着，月华波动者。花就开了，茶就香了，夜的炉火正红。

夜的炉火正红。

私语是柴，添旺了如玉的温婉。抚爱如琴，拨响了神秘的知音。是谁，会在我为她画眉时嗤笑？又是谁，偏在我剪亮红烛时飘落衣袂？

有片云，轻遮了月河的波光。

你我就在月河的波光中合二为一。

后来，你嗔我：既然有腾云驾雾的本领，为什么不穿云破雾而来？我怪你：如果你早些以颤栗入梦，我怎要苦苦追寻？

就在一次次的波光中，复活了所有的绮念——

以月河为证：从此相媚好，尘世竹间，

任儿孙绕膝，甘愿白发翁媪。

在西郊，深入那座梅园（组章）

那朵红

那朵红，就是你负着箭伤赶来迎迓的唇？

——在季节的深处，用那缕最早的春风拔出爱神的金箭。

从前是冰，后来是酒。可以在诗句里叩响回声的酒啊，一见面，就把孤独掐灭，让沉醉进入我的肋间。

暗香，要把我从华发丛生的雪季

拉回少年。

春色里的少年。

以一种开放表达乐声响起，让那片开阔容纳心的舒展。

金色的蕊有着流苏的激动了，其间的舞步踢踏着艳艳的小皮靴——怀抱里的清新，一遍遍，拾起蝶翅上的花纹，或者闪电。

风，不说，血管里燃烧的味道——

谁也看不见。

那朵红，就在我走来的途中，

连接了此岸彼岸。

那廊

九曲回廊。把接近过梅香的那串颤栗排列出如今的模样。
一任时光更迭，草长莺飞，姿势也是信仰。

是一本打开的诗集。读过他的人感觉到某种必要——
一段曲可以喊出另一段曲的名字。
似乎是山重水复，却已然在新的路上
——弦外，风光变换。廊柱连接着一帧帧画面。
弦内，脚步带着漩涡的节奏和韵律。折返或是站定，都有慢和
不慢的选择，盘桓着的，是一种潮汐，寄托着身后的时光。

而方向，需要一种眼光才能最终做到，也需要那种漫不经
心——
把邂逅交给曲折，把愿望交给安详。

——源头，是那缕随风飘起，在幻觉里出神入化的
梅香。

那片水

清幽的回应是我在展厅里想到的。
——被呵护的水是清幽的，何况有鸟的守候，鱼的贴心，梅的
陪伴。
波光的韵脚，就是潋滟。

可以让清芬坠入的水。

走过你身边的红颜，悄悄挺立了尖尖的胸脯；浅吟低唱的心声，通过你飘得很远。

其时，有片云在你的波心，把梅的香缭绕成一朵朵火苗

——完成了一次融入，一番心愿。

一片水，有了梅的加入，成为一声天籁；随着情的点醒，显露一弯媚眼。而你，依旧以抚琴的姿态，缔造美的盛宴——

是低调，亦是坦然。

就让我掬起你在此时还带着清冽的有如梅花的水滴，净净我的额，洗洗我的脸——

然后，倾听重新清幽了的内心，朝向明天……

那阁

——月亮是清音阁的伴娘。

在水边，随意的一阵风，都能带来春的涟漪，月的柔肠。

而阁，是今夜的新郎。

那株梅，弹奏蕊一样的心弦，把自己绯红的梦交给可以清音的阁，把自己的终生交给可以托起阁的土壤。

有阁相伴，梅，在今夜绽放。

　　那层细波，注定了要在阁的脚下荡起欢愉；许多诗句，约好了要从梅的身旁打开翅膀。而月色，已接受了一种向往的萌芽，又含羞着掩住了自己的光。

　　云，飞来。让丝竹之声若有若无，若远若近，
　　若短若长。

　　清音阁与美人梅，正把前世的回眸，
　　编织成今生的洞房。

那声啼

　　是鸟，把梅的暗香化作了那声啼……
　　西郊梅园，怎能没有鸟啼的追随和顾盼？

　　爱上这里是意料中的事。而要把梅的盛放演变成另外的形式，比如鸟的啼叫，诗的句子，戏的台词，美的照片……需要一次浪漫——

　　"劫持"是一种浪漫。
　　美的事物易老啊，在她最美的时候，不用镜头把她强行留住，稍纵即逝；不用目光灼热照拂，就不能在你的脑海里幸存。要"劫持"——留住美，就要果敢！

　　转化也是浪漫。
　　留住了，幸存了，不会把她展览，不能把她说出（啼叫），不

去把她写下，也是枉然。转化是深沉的爱的体现。

就让我做一只鸟吧——在那声还显稚嫩的啼叫里，有我对浪漫的学习，

有我对美的痴恋......

那苑

在这里，琴声也能沁出香来——沁香苑，果然馥郁芬芳！

五百年了！梅王梅后牵手走来——

星空也是花苑，凌寒也是暖房......

在飞檐上动心的小风，恍惚间落了一地呢喃。不远处的石头，把昨夜的花期翻滚成内心的喧响。

那杯茶，还袅袅着理想的琴韵。

朗朗上口了——谁用心怀天下触及了余音绕梁。

——那条横幅携来书的洁净，红色的缎带飞扬起蝴蝶的翅膀。四面八方的高度在书中升起，读书的人，眼眸中流泻着端庄。

日后，这里会有一片赏心悦目的林子，相映成趣的，是门前小溪的顺理成章。

台阶的缝隙间有什么流动起来，

一个声音说：香！

诗意开封（二章）

思念中的腰肢

古今之间在这不施粉黛的肌肤上相逢了。

天生丽质，就在这盈盈之间跃动。

用内心的此起彼伏，连接起北方水城最含蓄的部分，以青春的光，闪烁在水色丰满的倒影之中——

开封西湖，我思念中的腰肢，就在这柔肠百转里亭亭。

折叠千年的光阴，让一脉思念吐露涛声。

横逸风月，借宋词的错落绵延情路，伴随飞鸿。拂去弦上旧尘，瑶琴一曲情动——

说人间有味在清波，翠柳拂岸，碎石小径；

赞汩汩诗韵启心扉，观鱼赏荷，斜照相迎。

都有温存和清秀的闪荡，欢乐和歌谣的升腾！

湖的连接，让一座古城增添了窈窕；

水的纵横，让一种生态占有了斑斓；

波的摇曳，让一张名片凸显了灵动。

穿过声情并茂的流淌，源头是对美的倾慕，梦圆是感恩的回声。

翩翩起舞。

有彩绸飘飘，飘动阳光的微笑；

看繁华齐绽，绽开一段痴情——

我来了，愿做细腰上的一根丝带，不离不弃，终老一生！

清馨和雍容

如果开封西湖是琴弦，西湖湾就是弦外之音。

温婉在澄澈的弦外。

向上生长的清风，把低处的梦回旋在有着明亮的枝蔓筑巢的宝盒里。月光温婉，容纳了湖水的余音。

袅袅，披着轻纱的身影，就是可以绕梁的芳菲。

安康在碧爽的弦外。

从一处上好的楼阁里，聆听"新宋风"掠过湿地公园之后的珍爱。

夜色呢喃，簇拥和睦的睡意走进书页一样的梦境。廊灯，以柔和的光线编织来日的清馨，和雍容。

飞翔在殷实的弦外。

那只梁前燕让丰满的羽翼以巡视之姿覆盖了嘉瑞之地，如一朵祥云，护佑着如意的庭院——让宽敞的清晨更加宽敞，

让精妙的布局更加精妙，

让明丽的书斋更加明丽，

让繁茂的枫华更加繁茂。

一条琴弦般的小径，走出了不同一般的依恋——在弦的上空飘逸的，是花季的优雅，是在优雅中溢出的味道。

弦在，弦外之音就不会老。

人祖山撷景（组章）

卧云石

能够卧云的石是情石。

一朵云从千年之前飞来，借一块石小憩。

是夜。有一串星星点起灯。

石，敞开自己。

每一条纹路里都有一支歌，等待着云的爱抚和引领。每一支歌里都有思念，等待俪影双双，柳暗花明。

云的温暖和柔媚，是闪电，击中了石的心。

石的执着和刚强，如坚实的臂膀，给了云可靠的良木——能拥抱，可栖衡。

相逢是缘，一朵云的明月心有了傍依。

牵手是爱，一块石的灵犀梦有了窗扉，和窗扉后绵长的情动……

云石相悦。

在人祖山，周遭都是春天，四面都是风情——耳边是轻微的喘息，身旁有纯净的弦动，纤指下十万桃花盛开，胸膛里侠骨柔肠奔涌……

星星闭上了眼。

祈愿天长地久，如月之恒。

不断飘起的细云朵，是夜的清音；能够铺张的小石块，是情的传承。

月升有思绪，日出辞章成；

风起依波心，雨来写情浓。

前朝逢今世，今世约来生。

能够卧云的石是化不开的爱，能够栖石的云是移不走的情。

不信？

在月隐星明的夜晚来吧，相伴的人儿会听到耳热心跳的情话，炽烈如歌；相爱的人儿能看到人间情深的写照，如影随形……

岁月不老，云石永远年轻！

南山沟寨

井、碾还在，还在人间烟火里期待，期待一次命名。

农耕时代的漩涡荡开了，留下的清澈给阅读带来乡愁。

窄窄的，在诗句的拐弯处。

南山沟寨，把吉县的历史拉扯的很远。

是一棵大树飘落的叶子么？那是一种多么缓慢的飘落啊，虽然只是长河中的一瞬。照亮她的是她的自身。

"天福二年（注：后晋年号，公元 937 年）正月十六，一州人户在此避难。"

可以避难的地方有出世的险峻，也有入世的窠臼。

一滴流萤，穿越河瀑的珠帘，就入福地。栖居的，不仅仅有诗意，也有呼啸而来的惊魂。

随遇而安。

其后既有月黑风高的暗夜，也有艳阳朗照的白日。摸着石头过渡到如歌的散板。起伏平息了，见识到天的高度——最小的那朵云，常常可以揽在腰际。

灵魂在逃逸的路上融进了一处桃源。

桃花源里可耕田。

可以用竹篮提着果实，与那片林海一起，叫卖着瑰丽的风景，让沧桑和歌谣掠过山寨，俯瞰人间。

一只蝶，落下又飞起，把一个梦带进抒情的季节，和着一些芬芳，

翩然。

风云洞

世间的风云都来这里汇集。只为觉悟，不为约定。

一处洞穴，包容了蛮荒，沉郁，轻浮，雷霆。

深不可测，如茫茫的夜，蓄谋已久地将墨色收纳，把隐隐的痛，留在鼻腔里呻吟；无星无月，让不受羁绊的喧嚣，保留一阵阵轰鸣。

一时间行遍千山万水，然后，在欲望拥挤的管道里修炼——

让寂寥漫过来，覆盖曾经的顽皮；用虚构粉饰泪光点点，沉静一腔妖娆；也把衣袂飘飘当作诱惑，闭眼静候皈依；还在滔滔晦暗中，点亮尚未成灰的一星光明。

撕扯是一种洗濯，

吞噬便是新生——

风起云涌之后，曾经有电闪雷鸣。

一柄剑，在锻造的日子里，有火的翻检，有水的蒸腾。一粒茧，在成型之前，有过屈伸和癫狂，也有幽怨和汹涌。

攀缘而起的是一次仰望，在飞翔的歌声里成为一处风景。

多手佛寺，就在风云洞口，袅袅一种宁静。

——云淡风轻，

世事洞明。

爱在湘家湖（组章）

赴约：在月亮湾沙滩

我在你用沙海的涛声绘出的场景里，赴约。

你从月亮中央弯出的那条好听的小道上，把沙的相思摊开。

把一脉撩人的牵挂漾开。

浅水里，有被深沉的梦境过滤了的期待，小艇上，是谁？正用卷起的浪表达已经到来的欢快。

阳光，以柔软的方式吻合此时此刻。

一缕颂词。

一瓣风来。

沙的雕凝固了风情在眼眸发亮时的感觉。

不用卡通，你也会明白欲说未说的心曲。就如桃花，落与不落，都有一抹胭脂在伫望里贤淑；也如夜雨，有声或无声，都会把那腔楚楚化作挚爱。

那角飘展的纱巾，已经泄露了一种生长，正进入春的胸怀。

我按不住这一湾涟漪了！

起伏的沙浪，不息的水波，都是湘家湖的得意——是一处不可复制的光芒，一阕能够抵达的爱恋。在心旌飘摇时开放着倒影，

或者战栗。

心湖里回荡的涛声，

已经淹没了沙海。

牵手：于东郊生态林

水鸟的啼叫把牵手的意蕴渲染得化不开了。

自由地掠过林梢上空的感觉，已经成为可以抒情的背景。那双相遇的手，是被怀抱袭击之后的味道。

水网密布。如同灵犀在握。

生态的绿道，把最具原始意味的倾诉晃动给正在降临的桥。

心之桥。

目光因此澄明。那些在想象中越来越葱茏的远方，是春色的宫殿。翩翩的翅，能够一羽一羽地传送这漫漫的绿么？

在含苞与绽放之间，

谁能画出人间四月的小锁骨？

牵手。

是朝阳的明亮穿过薄雾的祈祷。是精神的专注先于物质的承诺。"执子之手，与子偕老。"

在林间。

有情歌在清风的指间缠绕。

旖旎：去湿地公园

跫音缠绵。

在缀满风景的栈桥上筑巢。去观鸟亭相遇审美的快感。到生态小屋模仿花事的荡漾。

张望于绿野水剧场的季节，你我都是名角，为湿地公园增添风光无限。

我在你的岛屿上呼之欲出。

你在我的哨音中孕育灿烂。

不是梦里的场景。

徜徉在广场时，我轻盈得如同舒缓流畅的线条。一笔一笔，有魂魄的振翅欲飞。

你是我的莞尔。

是水景波纹上、陆景扬花中最飘逸的存在。你是一叶在那片植被里令人心动的部分，是布满爱的事物中最诗意的回声。

我在你的面前似有若无，

而融入你的眼神，把绚丽缴获。

延展：到相湖垂钓

尘世的生活如同这可以陷落时间的湖水。平静得把起点终点都融合在一起。就在这平静里，我垂钓，你在我的身后，在相湖公园的深邃里。

不离不弃。

你在我的身后，就是我的守望，我的信念，我的傍依。

我的每一次不屈不挠的隐忍，每一次袅袅似烟的吟唱，每一次安如磐石的凝聚，都是为了你；

每一次一筹莫展之后的行进，每一次焦灼等待之中的耐心，每一次守口如瓶之前的坚定，都因为有你。

你在我的心中，如弦似饵，如胶似漆。

难得平静，虽然心潮如煮；就是平静，正如花香无痕。

在相湖边垂钓，是对心香的体味，是不露笑痕的清澈和沉醉。

是高远悠长，是前世今生。

我的梦，在古黄河上空盛放

山外有山。

在彼岸。在你不舍昼夜的不远处。在醒来的目光里。

让似水流年奔涌起来。日升。月圆。牵回放在南山的马。唱起那支久违的歌。

苍鹰铺开一碧如洗的蓝天，大海裸露毫无遮拦的躯干。

都在，等你赴约。

古黄河。

如同长安的隐匿，隐匿在不曾走远的唐诗的情怀。也如钟楼，留存在岁月不屈的沉思中。那层黄色，已经积淀在我们的皮肤。那种精神，已经在我们的血脉中奔流起来。那些心愿，已经溶进了时空的风调雨顺。

就有纸鸢放飞憧憬。

舞动汉风。

高铁呼啸而过，向着更广阔的前程。把眷恋，写进这方热土，让想象插上翅膀，从观音机场起飞，融入可以传世的精彩纷呈。

身随汉风起舞，心为汉韵而动。彭祖故里有祥云缭绕，徐国遗迹再铸诚信无欺，灯塔光明；放鹤亭上，鸽群回环飞旋，戏马台里，歌声吐露真情。

所有的希冀都长势良好，并且，以飞翔的姿势，扶摇直上，展示时代的茂盛！

一滴水。

行进在大运河的不息流淌里。娇柔在骆马湖的碧波万顷中。荡漾在云龙湖的天高地远间。

相恋在微山湖的朝思暮想里。徜徉在潘安湖的清澈见底之上。

而不离不弃。

一棵草。

在马陵山生根，去户部山落户，到吕梁山繁衍，赴九里山之约，铺展风情万种。

才能进入梦境。

我的梦。

从古镇窑湾启程，蘸着锃亮的汗水，与那么多的汉字一起，盘旋，升腾，在古黄河的上空盛放，到流光溢彩的中国梦中，

激动！

锣鼓：中国风

像大红的福字，从春联的枝干上逸出，就有锣鼓，"福"如东海长流水。我掬起一捧鼓点，就有长短错落的迭句，去空中炸裂。

炸裂之声，以密不透风之势，刹那把我包围；

那束光，就如脱缰之马，腾跃在你的耳畔。

是一种站起来的嘹亮！

如一片花的海，毫无顾忌地蓬勃而来。就芬芳，就激荡，就惊碎一湾静水。逐鹿中原。

我把孤独的往事抛向身后，让空灵的心胸，一任脱缰的叮咛浇灌。就有节节拔高的呼吸，如锦似绣，邀来你画龙点睛般的呐喊。

是静止之后的磅礴！在风中奔跑。

我用火焰的长势，簇拥你的感叹。

有热泪横流，以辽远撑起蓝天。

有惊心动魄，让岸一再绵长，却绾不住景物的明净，和变幻。

我激情的双臂，抱紧那些方方正正的涛声，不去问，是浮，是沉。

还是缠绵。

就是缠绵——缠绵的桨声迈着碎花小步，临摹你柔柔的摇曳，舒缓在临街的窗帘。

我的灯影一晃，便有蝶翅，翩翩行云的姿势，婉转，妙曼。

再晃，就气吞万里，有蛟龙出水，让浪花也喷涌出凌空的方言。

在中国。

你每一次炽热而豪迈的阵仗，都唤我回到青葱岁月，并且，给我绽放般的力，一跺脚，整个人就飞升在春天。

九寨红

在来生的瞭望里，把细碎的红辽阔成一片海。

蝶翅上的荡漾，有一种可以壮行的襟怀，打造出侧身而过的阳光。

和热情。

……彩林。让彩林中的彩簇拥这些直抒胸臆的红。无拘无束。无拘无束在用孤独击碎的波浪上享受漂流。

生根。回心转意。

一同走过的路透出一点点醒来的花开，心事和歌谣。

透出殷红。

在树的高大间穿行吹过星辰的风们，

"会当凌绝顶！"如同在童话中会飞的旗，把山谷里的水容纳出缤纷，

和叶一样的红。

——惹那条发光的鱼儿，盛开着火焰的姿势，进入一本书的封面，静止在离去的时间之外，

爱上回音里的陌生。

在很亲切的今世，有一种秀色，从九寨的枝上，一串串，直往怀里头钻，让世界的脸庞，开始泛红。

邻水的家乡

邻水的时候，窑湾在我的背后填词。

清新的鱼在开屏。

那些曲调缓慢的翻飞，打开的都是家乡的细节，家乡的云——

家乡窑湾的六月，是迷人的季节啊：田野泛波，汗水酣畅，莲叶凝珠，柳丝飘逸……都如弦乐对家乡的贴近——

四合院里，长在树下的光斑有纤细的腰肢，如同在书里让我流连的美。那声悠然还没有跑远，还没有陷入微信的群。

邻水的家乡，把我内心的浪花剔透出细密的新绿，

让农家低垂的眸子，哺育蜻蜓的安稳。

能够吟哦的水调歌头，已经隔着可以追忆的窗棂，用月色和她的影子滋润了的涟漪，掂量窑湾的纵深。

而乡愁在邻水时随处可掬，源头是一颗柔软的心。

月圆之夜

1

就把一生最鲜亮的季节，献给你！

如同月圆之夜，中秋在那树不动声色的透明的枝上，开放了所有的花。

我把开花的声音整整齐齐地铺在月光钟情的窗前。

如水的月光，从你纤纤玉指的玉上滑过，从你在圯桥上绯红的余韵里掠过。一粒红豆，在月光之前的雨露里发芽。

2

冰清玉洁。是你此生注定的河山。

在可以安身立命的节制中低垂下眸子。一任沉重的风，乜斜的雨。

把自己端庄的名字放在可以仰视的高度，用剔透照亮最低处的路。

暗夜，会在《葬花吟》的歌声里泪落双腮，也让古琴曲氤氲着思绪飘向无极。

晴日，或者是文字，或者是书画，以席地而坐的心态，让那些整夜不忘的杂念，无法抵达。

3

和熟识的文字一样，我从一帧书法作品的行迹里读出了卓异而怦然不已。

　　如同在路上，我被从野草中脱颖而出的蝶翅刷亮了目光而惊喜莫名。

　　身不由己，我让一种久违的亲切推着，走近四书五经的同伴。

　　是在姓端的砚台旁焚了香，在叫作翰的林子里沐过浴么？是用天上的声音镇了纸，用深夜的颜色研了墨么？

　　那些以游弋的姿势被鹤点化了的字，在我的怀抱里挂满了露珠。是可以信任的胸膛！一页页曾经的矜持，穿越喧嚣的孤寂，把它主人的至纯告诉我了。

4

　　循着墨的气息而来的，还有苹果园的丰腴。

　　母爱的树把你金枝玉叶的娇柔滋养出坚韧。

　　发黄的照片在无路可走之际，告诉你天色的阴晴。

　　你受命在窘境中思考，你临摹在震动后的平静。

　　风雨之中，你也曾在开始模糊起来的回荡里不知所措；

　　丰收季节，你悄然在弯曲的枝头感受清亮的雍容。

　　是枝，伸展的再远，你记着你的树干；

　　像鸟，飞得再高，也有归来的窝巢。

5

　　在草原上发光的，是那颗在梦境里闪烁的鹤珠么？

在深谷里回首的，是那丛于静谧中婉兮清扬的幽兰么？

我倾心已久的感觉，就在你看似随意的招呼中喷薄；

我莫名其妙的脸红，是在你轻轻柔柔的问询里涂抹。

感谢上天——

我不小心碰洒的开水，没在你的手背上结出发亮的水泡；

我不经意间泄露的小径，没硌痛你在季节的抚摸下赤裸的双脚。

6

漫漫岁月里，就有那一束光，不偏不倚，不早不晚，停留在你我交集的枝头。

我临河而立，你在水一方？

是浅相遇，深相知，一梦白头？

还是一场恰好的邂逅，一次踏歌而来的转瞬即逝？

7

月圆之夜。是一轮透过前世的皎洁，会被你用盛放记忆的阔袖轻轻一挥，就布满盛宴了。一只洗净的苹果，会带着回到花朵的姿势飞来，就牵住我的渴望了。

一些节气，在可以繁殖小风的路上修行。

往事，会在月色的河里泛着浪花。

一种意念，会在难熬的空旷里走来走去。

月圆之夜。就把最成熟的熟，捧给你。

就把秘而不宣的秘，宣给你。

就把腾出来的位置，留给你。

花，以及开花的声音会在时间的缝隙里慢慢坠落么？一段知书达理的光，会漫过那个背影里不为人知的皱褶么？

月圆之夜。用那只苹果描摹着的清晰，印证曾被上帝咬过一口的经历。

月圆之夜。还要用天青色等烟雨么？

月圆之夜。会在等待中降临……

第二辑

蜿蜒

突然，贴着树梢游来了喜出望外——

破晓时分，古松一样的老船工，一篙撑

开三十六湾七十二滩的曲曲折折，让冉冉升

起的朝阳里——

浮起一串竹排。

——《古渡口》

桐君山势

极目四望，

云烟埋头在时间的腔调里，让白昼带来的嗓音，发出一缕缕
药香。

——慢慢溢出山外的香，飘上七里扬帆的帆，再次蔓延出草
木金石性味，把阴影压进水面，直到它再无还手的力量。

最先葱郁的那竹，被桐君炼的丹摇曳出个性。
新笋指点广阔，拐入密林的鸣叫，一次次，直接划开时间，
浮在香火之上。

——山势慈悲，
挂起一文不收的悬壶。
山脉绵延，把君臣佐使，摁入数千年来济世的处方。

钟声响了。
桐君山用纵容过的盛世，支撑大地宽敞的方向。

秀山海泥

海滩吐出风之后，海泥是千万朵浪的遗骸——
恍若你打开的某处沉积的秘境，被弥散的雪梨膏缠身。

上百年的修炼要替你收拾那些长痣的脚踵。
悲欣交集的肌肤。手指上的山峦。
这时的夕照在弯过腰的草叶上涂抹。
一片后来的金色，造就了倚栏相拥的黄昏。

隔着夜，你用闪动的睫毛，揿下新鲜的鸟鸣。一朵云，越过欲
言又止的小径，朝露，已经起身。

石桥春涨

放得下自己，才让涨，顶起了桃花。

随你而来的水，挂满春的眼睛。

远方有些摇晃。

脚下的宽阔如同一场青葱的盛会。你爱过的舟子推开每一片陈旧的波纹。

绿荫在继续，

绿荫在天空放下的蓝里咽下道别的涟漪。

你身旁的商铺用吞吐抵达一种翠，风情，正通过街市的嗓子。

流水一样。鱼群去而复返。

你依然在涨开的潮里不动，用内心升起的经历，替舟子，

一咏三叹。

衢港渔灯

——亮了。

在岱衢洋，这是倾泻的一窗星空。

星星睡在这里，

夜捕的船，正一颗颗把它唤醒。

之前是暗流涌动。目光被深埋在暮色缄默的饱满里——

据说有十万亩胸襟收留来港的嘹亮。

一只蟋蟀的清音，只有月色，才能摹画。

拉开了辽阔，晃荡出星海逢春的盛放。闭一闭眼，就能感觉到
千里之外的家园，正茂盛着她们的金黄，

并且被拥在怀中。

白峰积雪

一分纯情，在魂魄的最高处露出轮廓。

白峰，用玉梅从鹰途经的时光里带来的美，俯瞰曾经滴落的蝉声。

群山以绿色的屈膝藏起一些丰腴，让仰望慢于影子，慢于石头上的翅膀，和匍匐的阳光。一片白，以加速的方式成为天赋，成为清癯的天空可以依赖的

琴弦。

悠扬的音符，在海的簇拥里长到天外。

高远的额，在飞来的光芒中种下信仰。内心的潮汐，一次次从容地保持玉的品质和华润，让风，成为白的一部分，停留在连绵不断的心跳中。

九子岩

岩生九子，泉出飞鸣。

风光在天河绿水中繁殖。

石头肌肤里长满的时间，在记忆深处滑落——一条瀑布把往事折叠了七次，每次都如一脚踏空。

向下的喊叫，

有珠玉跟着跑了出来，要传授与回音不同的路径。

山势，锁不住那只白色的鸟儿来自古代的鸣叫。

从清亮到悠扬，需要用透明去过滤，去深入松涛之后的高处，容纳不知道节制的风。

一些随风飘升的孤寂，被天空安顿下来了。

留下的，如鱼在涧中。

双溪寺

水在低处。

涓涓引来琉璃，清澈如镜。

照见灰烬在火焰中开花，胸口已无疼痛。

佛在心中。

佛在端坐的安详中看透水流的智慧——

润泽是一种美。接引是另一种。

以水中的暖意溶进有着韵脚的袅袅里，待其辽阔，让无病无灾，回到对草木一秋的照拂中。

把水的不腐传递给右手的掌心，用目光的流动觉悟双溪的香气。

看双溪在纸上成诗，成气候，

是风的翩翩，又把其中的鸟鸣——

放生……

楠溪诗履（组章）

楠溪江

楠溪江的名位在水里。在水里浮出的楠溪江是真的，超然引来
——山川明丽，
情怀蜿蜒。

涤心生波，如弦。
激越时露白，牙口一般，滔滔着，咬石而过，或如叠，或成
瀑，一泻如注又有大珠小珠在帘边生动。
舒展时雍容，淡定着把未曾谋面的梵唱轻拢得若隐若现。

入境成笔，添色。
柔曼处泛青，泛起小小竹排，濡染春的因缘。
背阴里有墨，写下把酒临风在夏的坦荡和厚重。
情深时吐红，携秋点燃云的羞涩。
冷艳中含雪，那峰在冬的簇拥里白头。

可饮，一掬有天下至味进口。
可恋，一拥而灵韵奇境入胸。

一江春水，向楠谓澄高，向溪说和柔。

拐了一个弯，就是金瓯一片，向日而歌，悠悠然至无限了。

石桅岩

竖起依然红润的手掌，说不——
千帆过，只留这一处巍然。

隆起脊背般的云崖，离天就近了，结出的月更适合凝望。风吹
来，更多的是定力，把回音放在自己的脚下，让汲溪碇步
佐证一些坚定。

细节是路径。
落叶用安静替代尖叫，溪鱼把打磨的过程推给浪花，在岩的倒
影里搀扶起清亮的光阴，茂盛是青葱的内核。
那只黑蝴蝶，在亲吻的挽留里，一次次把翅膀收拢。

仰望高处，历千秋而承载阳光的热烈；俯首原初，经万世仍感
慰水珠的晶莹。就把这一片明丽抛掷给襟怀吧——
不问进退，只以繁花落尽的风姿，连接时空。

古渡口

月色迷离。
散落水面的叹息，推开飞翔后的喑哑，让岁月的白髯涨起一抹
抹苔。

几粒星辰柔柔地打进空旷的内部，水草又摇曳了一回。就有好看的水珠把相依相伴浑圆着沉入千年的流淌——

等你来。

岸边的古松是故乡的酒旗。

他引领风景的生长，延伸月河的期盼，追溯当年的沉醉，也把树影下成熟的清澈一次次聚拢在温暖的凝望中，为远去的漂泊保留住念想……

突然，贴着树梢游来了喜出望外——

破晓时分，古松一样的老船工，一篙撑开三十六湾七十二滩的曲曲折折，让冉冉升起的朝阳里——

浮起一串竹排。

十二峰

天风缭绕，让抵达陡增气度。

汗水里的银质在闪光，向上的脚步因此而不孤。天空深处的蓝，最知道携手挺立的艰涩，和刚硬。

满眼的秀正化解一路的沉默，心潮里有暗香涌动。那支油然而起的曲子，溅起石梯上的埋伏——

盘旋着，去追逐鸟鸣。

就让缥缈和坚挺、秀色与悠扬和谐地融在一起。此时的繁茂是回报，也如额头上用经历刻下的年轮

——那一座座，一道道，一片片，一缕缕，

如同声声召唤，唤起我们的敬畏——

十二座月份一样的担当，列队而立——

憨厚在亘古里，血性在节理中。

不吐不茹，就为了开天号子带来的那一声

感动。

龙潭湾

耳际的风里有澄碧的清亮，曲径上的鹅卵石凸起曾经的蝉声，细叶枫树揽来琴弦一样的颤……都为了这一处羞涩——

这一处明镜。

蓝天垂下来——

白云落下来了。在白云里失踪的山峰返回来了。

那柄遮着低语的红伞移过来了，那串衔着梦幻的啁啾飘过来了，那挂载着潮涌的诗意漫过来了——

漫过来风情万种。

森林的枝，伸一抹浓密孕育天籁。

那滴露珠，一次次用圆润表达对树的深情。从高处洒泻的柔软的光斑，跳跃着幸福的舞步，乱了最深处的静谧，抬眼望——

已经走远的亭亭的背影。

一道佛光，与一场暗香挤在一起了，那些洗涤过梦境和心灵的全部记忆的，就是——
这一处葱茏。

水云村

流水宁静。
闲云在古村落中诞生。
流水在打转时相遇一朵朵闲云的宁静。闲云把缘定的笑意拴在水流的翅膀上，其中的嫩芽，是一点点青。

远处的庄稼，正准备吐露盛放的秘密。一声鸟啼，划破沉在泉底的慢镜头，显示出羊群走过的时间。
云端上未来的吟唱，有一缕漫游过历史的回声。

寨墙的积淀，把树和鱼的距离拉近。
抚摸着族谱的人，如同抚摸着岁月的脊梁。一千年过去，旧梦从篝火的闪亮中飘出，厚重了山脉，民风在自己的画壁上，
变浓——

淳朴和恬淡，憨厚和善良，也如同这古老的村落，古老的水和云，
一唱一和——
一脉相承。

大若岩启悟（组章）

百丈瀑

打开自己，把圆润、晶亮、摇曳、痴情，全交给排闼而来的青山。凝神，竟有马蹄声疾驰而过，
一瞬就是一生。

是一种呼唤和回应。是呼唤和回应之间可以挂起来的信笺，是信笺上奔泻的情思，是情思中裸露的生命。
苹果一样，在生命的引力中义无反顾，毅然，从容。

用不着深思熟虑了，春来急——
悬崖也是风景。

抛弃烦琐的推演和论证吧，真爱，有时就在这
纵身一跃之中！

陶公洞

来了又走了的，是云。
把光线搅出明暗，或者，掀起一朵朵琴声。
悠扬——忽高忽低，如同在人世间的盘旋，和游历。

也如搜尽奇峰。

途中，聆听松涛犹如天籁以校注《真诰》。就有修炼似五十六级石梯通向天台。回首，看天女散花——"悬崖滴水晴疑雨，凉气袭人夏似秋"！

让纯净有声有色，复归仙境。

停下来，更觉远近清亮不一，高低蓄积不同。

宁静致远，俯仰洞明——

了悟已在其中。

崖下库

是层层硬壳包裹的一颗柔软的心。

柔软得不愿让人走近——莫非是要你卸去俗世的沉重，如风轻，如云淡，才可以来到这处仙源？

重峦叠嶂，险峻雄奇，护卫着最深处的清馨。

考验你的脚力，也锤炼你的意志。

逢危壁，在危壁边攀缘；疑无路，从无路中探求。也许就在落叶的后面，需要你穿越般的追寻。

在你几近绝望的时候，突然响起的水声，一定是上天的指引——

世界在那一刻透出惊喜：

柳暗花明了——你就是那个让她等待已久的人！

石笋峰

不是孤单。

是无遮无拦之后的傲骨和坚定——痛楚与震颤已经在行进的路途中邂逅，风霜和雷电还会在今后的无限里重逢。

来就来吧，有阳光和月色的爱抚，感恩之心正抽出枝条，顶起葳蕤和安详。

——波澜不惊！

不是破绽。

是繁复交集之后的疏离，是疏离之后的挺立和强硬。再也没有拥挤时的紧张，也不用把碰撞当作包容。

四通八达了，有能够顺理成章的瞩目，

可以尽收眼底的幽静。

石笋峰！是经历峰回路转之后，

应该抵达的高节清风。

福海放歌（组章）

大湾区

横空而来。

珠江三角洲的明月，怀揣着世界级城市群的笑靥。

一条条大道，集合在多声部的合唱中。

簇新的锣鼓和国旗一同升起，最圆润的那滴露珠，激活了一弯密码，

车队，又一次驶入了恢宏的画卷。

能量在花苞里攒动，智网用无形的穿梭直指幸福的高度，放大了上升的箭头。回看，有鱼从福海一跃而起，

龙门在前。

天际线被清澈刷新，新绿，为清风镶边。从美，涌向更美，大湾区，

一马当先！

立新湖

赶上了飘香的倒影。一朵朵白云，在花丛间畅游。

如千帆。

一湖春风。岸抛出长袖，让空港海港相携，用望牛亭公园抚琴，前海湖山壹号拈花一笑，凤凰山因此明媚起来，依偎着轻荡的纯净，
看飞鸟相与还。

而新兴产业，流淌着天生的志向，创新体系刻录出奋进的秘密，千万只电子的弦歌，在月色里拍打窗棂，在湖的魂魄之中
盘旋。

立新湖，用自己的立体酿酒，醉了珠江一样辽阔的
春天！

桥头村

飞檐悬起光阴，照拂"西河衍派，九牧家盛"。
古树，伸进了季节的梦里，以枝叶为翅，撩动日月的旋转，不断吸纳热烈和饱满，闪耀和蓬勃。而村庄，融入茁长的时光，
一片葱茏。

傍石桥而来。
青砖砌筑历史，宗祠记载着岁月的起伏。绿琉璃瓦如同衣锦还乡的前缘，以俏雅装伴今天焕然一新的宅院。
院内的那株玫瑰，争先恐后地打开明丽，倾诉从鱼米之乡到工

业强村的兴盛。

　　醒狮队舞起来了！
　　撷来天边的云霞，编织辉煌。让盎然的弦歌，波涛一般，奔涌
在闪耀着动感的璀璨之境……

甘南：湖光山色（组章）

翠峰山

一峰柱天，以疯长的翠把偷来的一声声鸟鸣写在可以预约的晴空里。

有驾轻就熟的回音缠绕你的衣袂。

飘飘着谁的神秘？

用内心的平原问候这里的山风。用身外的幽远举起久违的歌谣。复活了的，是在那个夜晚的情不自禁。我不说，你也知道，风吹草低是一种赞美，是一种温暖的颤栗。

是可以相拥的盈盈，和欣喜。

坐下来的时候，就把可以消磨的时光折叠成翠，抚摸出安宁。把可以忆念的天真铺撒成花，张望出纯洁。而你，仿佛就繁衍在这里

——有茁壮，也有娇嫩。有山泉，可以汩汩地流出。

也有月色，可以温润如玉。

我庆幸我来过这里。

是你，以挺直的脊梁告诉我，虚怀若谷，是可以阔大或者高耸的秘密。

尕海湖

这一处，是未被开发的处女湖。

这意想不到的心曲，就静静地躺在这里。

躺在这里等我。

等你。

以天蓝水绿的雍容等我，以云白风轻的惬意等你。

就有一种热爱把这里的一切打造成巧合，融化了你我，消匿了时空，只留下美丽。

此刻，那一丛水草，正悄悄吸吮着阳光，放牧了我们的呼吸。

辽阔的是今生的遐想，悠远的如上古的潮汐。

可以横贯古今的也许是读你千遍都不厌倦的四月天，也许是在尘嚣与纷繁的缝隙里保存着的安谧。

可以不离不弃。

可以厮守到洪荒，

可以质朴到透明，

可以清澈到飞翔，

可以湛蓝到孤寂。

就守住这一睡千年的契机！

莲花山

以绽放召唤虔诚。

莲花的九瓣，用冶炼后的瞬间盛满珠玑，和光明。

是水面上最原初的高贵，接纳乐器和香火里深藏的敬仰，把仁善铺在目光可以触及的岁月，让每一个地方都能生长鸟语花香。

圣地。

风光因此秀美。

就有传说丰富景色，"花儿"透露心境——

就用那声悠扬放飞阳光，就用那句婉转摇曳从容。

歌声里：

荡漾涧水的幽蓝，铺展牛羊的归程，

弥漫花儿的清香，滋养果实的绯红，

升起袅袅的炊烟，盛开纯洁的爱情。

哦，莲花山！

可以凝望可以涵聚可以救赎可以驰骋的山！

绿荫如海，峰峦如聚，云岚如浪。

一滴水可以遇见大海，

一撮土可以聚会青山，

一叶绿可以组成辽阔，

一朵云可以抚摸蓝天啊！

盛放的莲花，在静谧中沸腾。

达宗湖

一颗镶嵌在密林幽谷里的明珠。

以自己的感动闪光。以游鱼晶莹的鸣叫闪光。以水草思绪的辽远闪光。以倒影虔诚的吟诵闪光。

这么多比梦还要美丽的湖光，一下子就满溢在心间。为什么不能一点点走来呢？为什么不能一行行走进我的诗呢？

达宗湖啊，就想看见我目不暇接、凑手不及、恨不能长出千手千眼的窘态么？

达宗湖以镜面的轻波容许了我的嗔怨，

又在涟漪的掌纹里透露了迎迓的意向。

就有一只飞鸟牵着我的目光越过了飘动的经幡，触摸你在珍藏或倾听时的坚韧。哦，就用珍藏和倾听面对眼前的一切吧——口诵的经文连接着倾听，湖心的白云通向珍藏。

比湖心的白云更白、比口诵的经文更经典的

——就是坚韧，就是坚韧铸就的闪闪的湖光！

达宗湖！

就让我在你的闪光中，感动，鸣叫……

就让我在你的珍藏和倾听里，成为那棵坚韧的水草——

趁着我的那滴泪，还在水草的叶尖上响亮……

嵩山三题

观星台：天地之中

以 730 多年的回响关注韶华，让韶华在天地之中撑起远望——"昼参日影，夜观极星，以正朝夕"。

沧桑只在一秒间。

就有暗香浮动。

在"四海测验"中剔透寒暑，用《授时历》红尘独立，三百年后仍能争芳斗艳。

芬芳里砌筑了一个民族的聪慧，和信念。

台似覆斗。

从天地之中的阡陌上隆起。谷禾的味道浥润了田野的风，和风中的蓝天。就有一脉古老，成为可以膜拜的源。

朝圣般的仰视，在桑麻耕种之间。

拾级而上，感受一种浓浓淡淡的伸展。脚下，青砖的青蕴含碑石的微凉；身旁，无形的流动里存放天地的清气，和幽远。

沉淀下来的，是历史。升腾而起的，是今生的因缘——

初夏时节，置身在天地的胸襟之间，听年月时分列队走过，就有回音，滴漏般穿过一阵颤栗——

是谁，立在了巨人的肩？

将军柏：中秋望月

给叫作将军的柏，镀上月色，就是华发了。

从将军的华发望过去，就有思乡的念头，在中秋，凝成一轮团圆。

用读书声喂养的茂盛，四千多年了，依然遒劲。

在书院里修炼的相依相伴，让兄弟俩挺拔着走向明天。老三走得早了，是画卷里的一块空白，是圆月中的一笔缺憾。

风来过，吹动列队的枝叶，有一队在守护的沉默中整齐，有一队在望月的路途上伟岸。有一串心思，在那朵飘动的白云上驻足，等候唐宋或是明清的月，和月中的一页页诗笺。

那只在窠巢里酣睡的鸟儿，把梦中的啁啾放在月光下晾晒，恍惚的远游便有倚栏相望——

有了盟誓相伴。

哦，这枝叶，飞鸟，风儿……都是将军柏的士兵吧，围绕在将军的周围，成为人间的景观。

中秋月，必是将军柏的原乡啊。

月中的桂树，是将军柏的表兄。月色，是可以折叠的册页，传递天上人间的云烟。

月圆之时，相望就是倾诉，谁都会在这时打开心扉——

吐露流光中的思念。

墨浪涧：清幽十潭

有墨作浪，巨笔如椽！十潭该是十方大砚么？
潭水以深藏的碧玉，托举一片礼赞。

有情窦初开的瀑，挂起锦绣文章，在不远处等待翻折成书。书脊上，有一抹清澈的蓝。其间的浣溪沙，禁不住探头探脑，花枝招展。就有拥抱，带来天外的风吟，和灵感。

再也不能束之高阁了。
机缘在此，墨痕中的思悟有水洗过的洁净。
抚摸，心中就有一片澄明；归来，往事的纠结就风轻云淡。
在宁静中歇息，不仅是为了致远——

这里的石，宠辱不惊，恬淡悠然。
有一种蓊郁追忆潮汐，
有一种倾听通向野趣，
有一种回望连接呢喃。
把一串串念想，融进一段段传说，就是清幽十潭。

在墨浪涧，读石，读树，读潭，都是读一本大书——抽空此前的迷惘，灌进人生的气度，就能走向彼岸。
卢崖，不再遥远。

美哉！金昌……（组章）

骊靬古城

用聚集在朔风里的猎猎构成怀古。可以清晰的，是源自西汉的马，是有马驰骋的平川，是在平川上用来报警的烽燧。

这些群雕，被斑驳吹出落单的往事。

一支歌谣，起伏了老旧的色彩。

有马嘶隐约。

从天而降一些鼓声，和疆域的呐喊。让平静潜伏在玉帛之中，或者在牛的角斗之后。

用汉语收拢身世，

收拢一些透出神秘的传说。

——从鱼鳞阵中游出来的那缕思绪，把潮湿的日子晾晒出平安。

阳光从土城外的重木城里生长出来，朗诵五谷丰登。就有月色，端庄了风调雨顺，一步步，通向海纳百川。

一些种子，在历史的折痕里，发出诗书耕读的声音。

在春雨中青绿的表情，念念不忘可以开放的敦厚，以及在枝上鸣叫的吉祥。一次梦想的重现，把清秀和厚重一同植在虬根回首时的谦卑之中，枝繁叶茂了。

一片云，在那堵墙老迈的上空，洒下一些暖意。

一缕风，从角檐的黎明里游过，长出翅来了。

祁连河沟

那团云雾从一部辞典里走出，把一些象形的文字，交给潺潺的流水去晕染。

就有春的草原呈上散文，夏的林海捧出经卷，秋的怪峰勾勒辞章，冬的冰川吟诵诗篇……

祁连河沟，以起伏跌宕的胸怀，成就了文字的意愿。

风光旖旎。

是文采的蜂蝶乱舞，是意蕴的张力无限。

岩羊、雪鸡游走在书卷之中，忍不住给这些如歌的段落，添上标点。

雄健的马鹿读着诗句，会有一次华丽的转身

——把脉脉的柔情遮掩。

那声鸟鸣越发清丽的亮了，好似文心。

那湾泉水更加怡人的纯了，如同诗眼。

一些景色，以错落有致把尘世的仰望和感恩融汇在一起，才诗意盎然。

日升月落，就如起转承合，流畅了文字放牧的画面。

　　至于温度的差异，是心灵对情的感知，借磨砺过的文字奔涌出的悬挂。

　　一川风月，浓淡人情，都随笔端倾注。

　　大千世界，悲欢离合，自当气象万千。

　　阅读在祁连河沟，可以深刻，可以舒缓。可以金戈铁马，可以风轻云淡。那一缕飘忽，是人生的悟，是悟里不断上升的感念。

巴丹吉林

　　湖泊清澈。

　　是在沙的追踪之后，藏匿的婉约。

　　"纤手破新橙"么？

　　鸣叫的沙，生发出所有的激越。

　　把豪迈和辽远裸在阳光的手臂里，"尽入渔樵闲话"，家园一样，坦然透出金色。

　　也有奇峰突兀，把骨骼的坚硬醒在可以泛舟的波浪中——

　　"云际客帆高挂"，鼓畅辞章里的斩钉截铁。

　　就有泉，以静谧呼应刚烈。

　　此后的喷涌，是欢呼角逐的胜利。也如"锦瑟年华"，让纱巾在海边摇曳。

香火袅袅。

庙宇抬起脚步，"且向花间留晚照"，迎接一次宋词般的跋涉。

各显神通之后，大漠"五绝"正在握手言和——

此时的巴丹吉林，恬静的像个婴儿：

在母亲的怀抱中一动不动，把鲜丽芬氲给祖国。

醇美叶县（组章）

老青山

携着这青走进山的老，山因此不老。
——谁见过拥青叠翠的老呢？

如同与一首古曲相遇，其间流水叮咚，草飞花舞。突兀一怪石，又是一场美丽的意外："青山不墨千秋画"了。
清旷是一种美，峻拔也是。

山还在青。这青里有一种动人心弦的绽放。苔痕的呢喃是绽放。树枝的摇曳是绽放。那淡淡的日光在叶片上清亮的闪动也是绽放啊。
有人说，绽放是一种风流。
那么，在此中的归隐该是多情吧？

让浮躁归于平静。就有清远的韵律油然而生。在清远中觅得点点陌生，便是清丽的词融进了绝响——山路通向了白云深处。
青山终不会老。

不老的，还有那些淡定的回首，
和回首中归宿一样的从容。

漂麦河

可以漂麦的河一定是条"金河"——金光灿灿的河！

潺潺着丰衣足食，飘荡着社鼓村歌。

读书声中，茂密了那片枫杨；

砾石滩上，澄净了那串韵脚；

二贤祠里，氤氲了高风流播。

可以在河边垂钓白云，让潋滟的波光载来一些辞章。你打开那瓶桂花酒，就有鱼儿衔着相思游过。

在水一方的背影里，有心跳，传递那缕长发的清纯，和欢乐。

香飘两岸。

阳光把金色的畅想铺满河水，让勤劳和感恩在河水中扬波。

在叶县，天空用不尽的湛蓝形容此间的醇厚和宽广，清风把诗意的麦浪组织成波澜壮阔。

漂麦河就是那章最优秀的散文诗，把此间的美妙荡出了漩涡。

漂麦河的水波连着水波。

用水波一样的花朵装扮生活，生活就飘出麦香。在麦香中出发，就能迎来幸福的时光。

在幸福的时光里，漂麦河用清澈的水，洗亮祖国！

牛角沟

在沟里舒展的是晶莹。
如果你在这晶莹里品味出澄碧，就是禅境。
滴滴空灵。

走不出这沟的还有那声鸟鸣。
在石头里婉转，在草叶上流淌，在空气中穿行。是谁，扬起那顶草帽，似乎想把这一切收容？
镜头里，遍是水洗过的洁净。

清泉石上流。流过的是清泉，时间仿佛在这里停步。
也许拐过一个弯，就有开阔偷闲，拾起几瓣心情，融进可以放达的风。

野趣横生。虽然在牛背上的时日只能是怀想，可那句"牛角"还是能把童年拉近，让你找回年轻。
让沧桑在此成为背景。

沟边还会有艳遇——
野花用羞怯的香气告诉你，在有情的山水间，留下可以相约的信物——或是打伞，或是听月，就看你的缘分——
在缘分牵引里的相逢。

翰园碑林

不再孤单。

以群居的方式在龙亭湖畔把隔断了千年的回音汇聚成吟唱。在此吟唱的还有那些鼓励过喷泉，又在亭台楼阁之间轻挪碎步的小风。

湖光山色，借瀑布尽致一种祈愿，

并且在适合抒情的地方悠悠出墨香。

源远才能流长。

墨色的汉字带着那份神性一路走来，岁月只能磨去当时的淋漓。

列队在博、大、精、深的旗帜之下，以三千七百余株可以参天的身躯，泱泱着一座叫作翰的园子。

而汹涌澎湃。

苍松翠柏掩映了墨池的阔达。

当代文化愚公的心意，在墨痕深处析出光亮，如同在暗夜里见到的铜灯。

也如牧羊人，

把失散的羊群一一找回。

在中国翰园碑林，李公涛先生打开了那方锦匣——

让一阵朗朗的清风，复活了蛰伏的全部祥云。

包公祠

给刚直的生命，镶上一弯明镜。

然后，沉潜在湖底以守望青天。包公祠是历史的繁华中悬着的一柄利剑，抑或是月色里可以栖居的诗意。

龙、虎、狗，
以锋利打造那一串串钟声。

内心的光芒永在。

无论在古都的街巷，乡村的溪畔；还是在空旷的原野，僻静的祠堂。光束不仅仅从那瓣月牙中射出，也在照壁、厢廊、碑亭、展殿里闪亮。

正大光明，是一种气质，也是一种能量。

在包公祠的深处坐下来，如同坐在品格的身旁。

不说一句话，自有一股清气渗透心室，滋润生命的繁茂。不敲一扇门，感觉所有的门扉都在豁然里通透，展露一种开阔的境界。

朴素而深厚，正越过苍茫，清澈出敬重。

让这敬重在尘世里盛开吧。
生命在盛开里犀利。
阳光在盛开里焕然一新。

万岁山

对善美之境的向往构筑了山的起伏和树的蓊郁。让鸟儿用吟唱的身形寻找对故乡的包罗，有香气暗度，水波婀娜。

亭台楼阁，用想象存放温柔过的记忆。和如水般漫过来的月色。

万岁山。

需要用万岁来证明山的久远么？传说中的石狮子们可以预言水的进退么？

就用风和日丽，接纳山的枝繁叶茂吧。

高深和绵长，是一种体悟，在游弋和倾诉中长势良好。

就用风生水起，包容园的五花八门吧。

如锦或似绣，是一种修炼，可以随风而舞成赏心悦目。

唯有容纳，可以茂盛与春天有关的日子。

期待。

宋代诗词园和东京书院。这是山水的根系，园林的心劲。书香是开不败的香。如同蝶的翅，马的蹄，箭的镞。

一只用五彩斑斓装扮的蝴蝶，翩翩才是意境。

江湖之上，在一动一静之间，涌起万种岁月，千般风情。

如万岁山。

铁塔

以褐色琉璃砖丰厚铁打铜铸的气质，让塔，从九百多年前赶路而来。

一路颠簸，一路风雨，胸中的善念不变，才以无可企及的旷达击穿尘世的苍茫，以一身透亮的真诚撼动古今的人心！

遂成镇市之宝！

八角十三层。

一层一番天地。

来时的路，越过蜿蜒的曲桥，远了；同行的云，在映照过亭榭的水波中，嬉戏了。绿荫环抱的殿阁，低了；或远或近的彼岸，朦胧了。

熏风与高远一同在顶层扑面，有祥云绕脊梁袅袅婷婷。

景色因此在目力可及处旖旎。

天下第一塔！

是灵阳神珍，钉住一方锦绣，如参天巨擘，延揽半天霞彩。

注定要守护这份永恒——青翠的竹，把根盘在铁一样坚固的信念之中，让梅的清香，和国宝一起，成为季节用来识别的核心。

注定要用敬畏翻阅书页一样的阳光。梦境通过阳光展现一种生长。

铁塔在生长中屹立一种气势，有风铃，摇响辉煌。

最美江宁（二章）

世凹桃源

桃源在世凹里。牛首山下的世凹。

世凹是琴弦，桃花是弦上的音符。桃源就是绕梁三日的乐曲了。

沿一山春意，有一串鸟鸣剪出序曲。

柳色以新绿浮动烟岚。如你清逸的思绪。

此时的长调，牵动岁月的沉思，让金戈铁马的铿锵抵达直立的树干，那一片提前飘落的叶，是对遗失的梦的恻隐。

就有青砖铺出一条小径，连接我行吟的平仄。

用白墙黛瓦寄托一些心事，让花格雕窗收藏朴素的嗓音，在飞檐门楼的上空，放养清爽，有骀荡在极目处绽放。

婉转而来的，是你搁浅在村旁的暗香，浮动出音符，让灯笼透露红晕，让庭院的清雅回荡古典的光泽，让春桃，在蓬勃之中摇曳饱满的诺言。

长廊。

如华彩的乐句。

一半在记忆外，一半在仙境里。

也是画卷，有水墨和晕红交错着在宣纸上流润，意境溅起芬芳。

我不再远去。

那一声声绯红了时光的弦歌，如约向我走来。

浸透了回响的亭台，飘缈着颤音的茗茶，淳朴出温馨的风情，幽深在胸臆间的禅味……都随着弦歌的起伏，洗涤也安抚了我的性情，

经久不衰。

方山圆月

从天而降的一枚玉印。伴圆月当空。

繁华往事如烟似缕，不绝。

樵歌或弦乐，照着谁的前情旧梦？隐约可闻你的飘舞，在月色里。

烛影摇红，蜿蜒于秦淮河的喧响中，忽明忽暗。杂花生树，冥升在纵横的沟壑边，郁郁葱葱。

山与月之间，有野逸的曼妙，接受清冷的凝望；方与圆之间，是忽远忽近的鸣响，把缠绵和悲壮，融合得辗转难眠。

方山圆月，动静皆宜。

在方山的故事里，酣畅淋漓总是跟随在登攀之后，是云起龙骧？抑或是天道酬勤？

在圆月的光泽中，有渊明归来，看菊绕东篱，渔海樵山，自有一番躬耕之乐。

酸甜苦辣，是人生的味道，在令人感慨的时光中，不离不弃。悲欢与离合，如山和月的依缘，总延续在浪花飞溅的长河里，或浮或沉。

靠山，常常遗忘行进的姿势；
傍月，就会丢弃发光的意愿。

跫音连绵，从思想的叩问中走出，踏上山月的希冀。有泉水叮咚，接纳一种信念。
今夜，你在淳厚的雅望中取暖。

方山圆月。
在风景的静谧中，裸着。如哲人。

天开海岳（组章）

山海关

日出月落。

依山在海的关照里归来。

仰视着让灰色的砖缝里透出石一样的坚定。绿色四散开来，像是簇拥弯月的星星。远去的马蹄声，蜿蜒着成为背景。

有骨气在。就有雷霆。

天下第一关！

在万重山界的爱戴和银涛三面的护卫中。

镇东，迎恩，望洋，威远——四门响亮，响亮出一种气度；

六十八个箭窗，静静地，在春日的曦光中清醒。

苍劲雄浑的巨幅匾额，是古老民族的底蕴，立起来，有历经沧桑从天而降醒狮般的雄风。

温情仁爱，也铁骨铮铮。

水一样流过的岁月里，淘尽喧嚣和刀光剑影。

城门大开，迎迓魅力和柔情。

阳光和雨都降落过的地方，长出了一些温馨的有着金石之声的字。

鸟语和花香，用方向一致的根，开始发芽。

月光照过来的时候，有琴声悠扬，携带着舞步坚定。

回首处，看四合院里注满的，是孩子们不羁的欢笑和爱人舒畅的鼾声。

天长地久。此情此景。

澄海楼

所有的杂念，都被海的守望端庄了。人又去，楼且空。

云彩沉静了许多，雄襟万里的背景深远起来。一级一级台阶，连同被步履磨旧了的故事，像雪在风中的袅袅，跃跃欲试了。

从风雨中穿越过来的光阴，在檐上流泻一些纯粹的辉。

驻守的会成为古老，淳朴的都是遗留？楼阁不言，以石碑镌刻"天开海岳"等待可以传说的思悟么？

修复以明志，振兴卫和平！

花季已过。

一缕暗香以不可替代的姿态飘然而来。带着内心的纯净，如同雕梁画栋之间的空旷，可以安置几案，可以存放典籍，可以让它们宽敞出诵读的声音，在起点翩翩，在终点明媚。

并且，到平整的书桌上结出锦绣。

文章千古事。

楼阁又何尝不是？澄海楼以六百多年的胸襟坐拥渔樵耕读的沧

桑。得失荣枯如风过耳，离合悲欢随波流逝。

无嗔且无怨，看尽朝日的高贵，

阅透夕阳的沉寂。

那群飞来又飞去的鸟儿，啼叫相同或相反的意义。

那些凝聚又四散开来的言语和水，降落也飞升成源头或尾闾。

那些前世今生的蓊郁，一次次花开花落，演绎有人或无人时的掌声。

如同那一声佛号。

也如柔情附丽于侠骨——依旧在红尘中坚实矗立，

且拈花一笑。

观海亭

春入汉关三月雨。在落雨处观海，海是素雅的绢帛。

风吹秦岛五更潮。去潮头的亭子里听经书的吟诵，声声慢，可以忆江南。

风静潮平。

就有在澄明的节气里长出来的玉，漫过岁月的冗滞，

而举重若轻。

一种让辽阔在心胸深处结庐的观望，不声不响地攀缘而来。

从江南打马过来的诗意，到了这里，止不住流露出书写的身姿，把抒情的鬃披在绢帛之上，舒展出银子一样的文字，和信马由

缰之后可以流动的澄澈。

可以推心置腹。

观海，是一种修炼。

让波涛翻滚在尊严顶天立地的海面。有摇晃，一遍遍扑倒在坚毅的脚下。

一支风的箭，在发间留下了燃烧后的余烬，盘旋着远去了。

一滴水的籽，似乎要连接眼眶里的芽，在阳光破云而出时，隐姓埋名了。

此时的云淡风轻，是故乡的怀抱里一尘不染的单纯，漫延在广袤的心房。

而亭，玉立在观海之后的剪影中，

一动不动。

秦良玉

是一团火。总是那么顽强地透过典籍，烈烈走来，照亮那页灰暗。

是一方玉。良玉。

在明末的风雨中温润了那片残缺的河山，滋养了那方坚实的土地。优雅的风姿闪烁出娴静，和不屈。

成为山海关喜欢的明珠。

唯一的以女人的身份载入将相列传，是山海关的簇拥么？

（夫遭诬陷致死，含泪代夫之职，率兄、弟、子、侄迎敌，遇强虏以奋勇，见功名而推让。

以巾帼红颜效命疆场，秉秋毫无犯从严治军。善待百姓以安居乐业，奉诏勤王且剿平叛乱。大凌河，卫护修复，石硪境，檄文固守。

帕首桃花马，威名振九州——

"一领锦袍殷战血，衬得云鬟婀娜"！）

行云流水不腐，是有忠贞作魂么？

阅尽金戈铁马，那团火，远去了。
线装的史书，留下了玉一样的质地。

玉鉴在。火种也在。
山海关上的鸽子，正衔来一阵阵
回声。

三道关

长城在此处倒挂。
倒挂着的，还有那些已经远去的声声鼙鼓。阳光，是一叶硕大的葱翠，在鸽子的飞翔里繁茂。掩映也衬托了这些风景。

三道关。
一道关在涧口，依山傍崖，杜禁恣肆漫延的奢望，且锁口若瓶。
一道关在峭壁，居险驻峻，遮挡上蹿下跳的妄动，以网目不疏。

一道关在岭腰，劈山截谷，阻断迂回而来的诡诈，如横刀立马。

三道关据险而布，是福地的屏障，祥云的铠甲！

如果没有奢望，没有妄动，没有诡诈，内心真诚而宁静，还要关口何用？如果没有了关口，一马平川，一览无余，这些欲念会不会如杂草蔓生？

那棵树，在思想者的深沉里丰腴了。

人生，如同这里的长城，还是要有一些关口的。

坎坷不是关口，风霜雨雪也不是。

坦途不在脚下，在自己的心底。

角山

角山峰平。

有巨石嵯峨，如角。

有角的山在深情的凝望里能够走动起来么？或者如同鹿的幼角，能够渐渐长大么？

角山不语。

角山——在不语里把长城披在肩上，拥在怀里。就有"万里长城第一山"的名号顺势而来。

角山依旧不语。

还要说什么？

自有奇崛，用不化妆的苍凉，吐露可能的抱负；还有沟壑，以纵横着的姿势，坦诚曾经的隐私。

有树，从血脉里汲取挺直的希冀，有草，在肌肤中呼吸清新的念想。

陡峭是一种回眸，平缓是一种心境；

险峻是一种展示，坚实是一种本性。

角山把要说的，都用可以阅读的方式留给善于寻觅的体悟。

那棵树，把参天的歌谣孕育在树荫的敦厚里，覆盖不声不响的角山；那片草，用开花的风景抽出荒芜中的暗淡，楚楚山石的眉黛，丰富了角山的宁静。

那只雄鹰展翅在空中，以滑翔把无声的影子，一不小心留在了不可移动的角山。

岁月透过阳光披散着的长发，以暗香的方式成就了瑞莲捧日、山寺雨晴、角山云海和栖贤佛光，

而角山依旧——

峰顶的平坦广衍依旧，巨石的嵯峨如角依旧，

角山的不语依旧。

悬阳洞

阳光在心底。

阳光以悬念的姿势站到了洞的心底。

古松用五百多年的阅历喂养这穴奇洞。洞内咒语般的水滴，被漫衍的流水读出了敬畏。逐水而居的佛像，用静谧提炼出祥和，温暖尘世的痛。

谁随身带着的经书，正随声附和。

遂有"人石"在北，以得道的富态睥睨群山；

"钟石"向南，藏匿起依傍，宛若空悬。

跫然在中空处呵护栖着的绿意。用耕读过的手一笔一画刻出的字句，在碑上被吟诵成鸟鸣。

此处胜境，可以历练一种剔透，容纳内心的阳光。

还有在一夜之间长出来的盎然，错落有致。是一次次被落单的风盘旋了千回的仰望，和别致。

可以在情趣中沐浴。

以时光的牵扯，推开来路的喧嚣，洞穴多了一层凝重。流逝的岁月，让洞中的千年，只在一瞬。

而悬阳，是所有的光照中，可以用前世今生描摹的纯，

可以在回眸中高远起来的玉一样的天晴。

可以在有风或无风的日子里，种植怀想和梦境的土地。

燕塞湖

镜。

以碧玉作镜，把桂林的山水怀揣在柳暗花明之处，让三峡的风

光散布到山重水复之地。

就有豁达的画卷，借悠扬的笛声，回到那本书中了。

鸟飞来。

衔天外艳羡的目光采摘长势良好的秀色。所有的影子，都是可以生产妙趣的诱惑；翅上的旋，在百回千转中轻盈。

鱼游去。

牵万里星辉点燃五彩锦缎铺成的梦境。

波光在如绸的细密中潋潋出感叹，淘洗幽静。不涨不落的，是水花里与生俱来的爱，和年轻。

千米盘山路。盘出奇山俊水，让一个个念头可以栽种。

燕塞湖泛舟。水过一分，景长一寸，让千种风情在目不暇接中涌来，像雪花，在铺天盖地里茂盛。

总也合不上的书。只有阅读，才是眼帘的鹊桥。不能错过，如同遇到可以托付终生的身姿。

让眸子里的澄明，把钟情的字词拓下来。

让舞者的手，把对美的思悟放入湖水中。

让游子把这本书里的精要，融进心胸的清澈。留做忙时或闲时的茶，可饮，可品，可回味无穷。

在南浔（组章）

辑里湖丝

就这样缠缠绕绕，在我赖以倾诉的诗歌里。"浔溪溪畔尽桑麻。"如今，我来抚摸你，还有当年的质感和爽滑。

不离不弃。

这些洁白的记忆，是网，兜住了过去的时光。这些心中的柔软，是笔，记下了相濡以沫，也记下享誉世界的繁华。

在南浔。

在丝经临着历史的窗口丰饶过的小镇。我来读你的鸡鸣，读你存储在皱纹深处的华章，和在春风的沐浴中，越来越古典的庭院。

走动就是阅读。

那些在如同是夜的黑里恍惚而过的娇媚的面庞，是时光的潮起潮落；

那些在我身边窈窕而过的腰肢，是踏歌而来的蚕，是那本书中袅袅婷婷的文字。

你仿佛已经走远。其实就在眼前。

就让这些丝由着那些袅袅婷婷，从我的心底抽走，直到把平淡抽成绚烂。把这段温柔的季节，抽空成吐露芬芳的南浔古镇。

小莲庄

那一阵清风的香，或者是可以行走的思绪，在这片荷花池畔被那柄撑开的小红伞，留住了步履。

不要说与嘉业堂藏书楼毗邻。这儿的净香诗窟，就是怦然心动之处。

昨夜那弯玉砌的月光流淌出的诗句，就寄存在这里。

今晨那粒滚圆的露珠倜傥着的透明，就辉映出这里。

繁密的紫藤花枝，以母语的姿势，收养了鹧鸪掠过池面的声音；曲廊蜿蜒，听芭蕉摇曳出那晚的雨滴。

哦，都刻下来了！

这些绝美的河山。有石有碑，是长廊。

有木参天，有石叠峰。

好去处，在错落有致，清雅幽深。可以席地而坐，抑或素面朝天。用莲叶们一生一世传承着的纯净，长成庄了。

桃李不言，

下自成蹊。

尊德堂

有容乃大。

把那些可以传世的风，收藏在三进五间的砖雕、匾额和楹联之

117

中。

一地的月华，就栖在脱颖而出的典故里，一动不动。只随游人进出时的会心一笑，向远处漫开。

在华贵的庭与古朴的院，心照不宣的黄昏，所有漫延的智慧，一同沐浴在风来自家谱的清澈，和它开始轻吟的灯火的通明。

至于清晨，已经是悬在檐上的天籁，用四四方方的汉字可以描摹的念想，正在进入一种广袤。

一去经年。

"世上几百年旧家无非积德，天下第一件好事还是读书。"

一千年的书，是舟，渡一扇扇寒窗，成为远方的温暖和光明。而天高行健，地厚载物。以德泽被后世，就有一条绵延不绝的大河，载舟。

两岸苍翠，遍插桑梓。

可以凭栏远眺。可以用朝夕相处过的典籍怀旧。可以如鱼得水，在"满堂花醉三千客，一剑霜寒四十州"里。

尊德在心而有繁华，已抵过荒芜无数。

百间楼

从那天开始，这段运河结满了铜镜。

身不由己，用铜镜的镜像看见春天的吟唱，成为女眷们心中最隐秘的一笔。

在董份的心中，无论是安置女眷，还是容纳婢女，都掀不起太大的波澜。归隐之后，该有一些苍白，游历在民间的丝中。

依旧明媚的是汲水的身影。

依然可以在风中睡眠，在廊外发芽。可以追踪清淡的水，如同堤岸的小草，随遇而安。

白墙，青瓦，沿廊，河埠，花墙，卷门，厦檐，都是民间的色彩了。一些行将凋零的举止，是散发暖意的风景，正进入秋天的边缘。

有鸟鸣掠过水面。

在石板路上走过一段可以怀念的途径，就有小桥相连清纯和安谧。

在临水而建的房舍守住一段岁月，就褪尽浮华，

展露种子一样的平淡。

这河上的舟楫来了又去，去了又来。

而流水，一去不复返了。

凤城流连（组章）

百年梨园

那一刻，我就在遒劲的枝头痴痴地目不斜视，等你合影。

你姗姗的脚步，还在昨夜的梦里盘旋？

孩子们的欢笑就像此时的阳光，盛开着，伴着老人们轻盈起来的脚步。那些小草在归来的乡音里伸展着腰肢，让人想起且歌且舞时倜傥的声音，温暖，向着高处铺展……

我的目光越过这些热情，等待你的垂怜。

你没开。

不是说，诗人允峰、黑马来了，你就能盛开么？不是说，诗人们换上春天的衣衫，你就会露出笑靥？哦，是继玲、李莉、靳敏、艳林、允侠、海燕、珍珍七位美女作家联袂而来，羞住了你的流淌？还是因为那段爱，只能秘而不宣？

你的沉默如同可以撼动人心的绝句，只为傍云而居的春天。

有一种守望凝结百年的坚贞。

有一种芬芳吐露源头的思念。

有一种泪水流淌抵达的欢欣。

而你，会把盛开连成一片花海，让人无法偷听。

我记着我在梦里的承诺——等那只白鹭飞出溯源而上的月色，我，

带你去草原！

汉皇祖陵

方砖还在铺设之中。

寄托了亘古的梦想——平平展展，方方正正。

它曾待在高处的殿堂。

如今它走过来了，走过青青的原野，和它自己想象过的清静的院落，有着些许温暖的老树，还有黄色的墙。

落脚的地方，终于可以不嗔不怒不悲不喜。

有风。

风把一路走来的枯叶带进了有着石桥的小溪。小溪没水，仿佛展示一种豁达。鱼呢？隐秘地随着归去的水成为传说了么？

想着她们归隐的路径，竟有一些氤氲，缄默着隔世的浩渺。

新落成的建筑盛大着。

被晚到的阳光抚摸在江山的宽广处。

一只大鸟，降落在吉祥的角落柔软过的影子里，把每一根羽毛染上前世透明的希冀，以不声不响的神态，让树的视野一次次开阔起来。

就有一些低语，在开阔的中央盘旋，越来越低，低到四四方方

的春光里，不走了。

就有一些脚步，越来越轻，越来越轻在今生的精致中，去方砖的缝隙里发芽。

还有在耸立着的端庄上，韬光的汉字，以及可以承载他们的平安。

然后是宁静。宁静得不需要打扰。

果都大观园

果的香正丝丝缕缕漫过来。

在阳光下，可以大观，可以在园里播种爱情。

通过甬道连接的枝，用春天的春给儿童乐园成就一些花朵。因为枝繁叶茂，需要把花瓣的红，镀上

你的脸庞。

枝上的风景把凉亭、曲桥都放任成可以让你流连的途径。

洋洋洒洒的喷泉，把假山的密不透风淋漓出左右逢源，让不远处的谷禾拔出节来，拔出好多亲切的称呼。

被风和日丽缠绕的不能自拔的树，果树，伸出秀气的手涂抹一些色彩，或青或紫，或粉或黄，都朝着丰硕的方向，

吟唱着纵情。

你最看重的是那些奏折。

五百七十余道，铺开了清代三朝重臣李卫的一生。有风吹来奏

折中的故事，是大地上可以作为典籍的词语，或是种子，在春风里的声响。

你的聆听，给园林添上凝重。

目光在墨香的依旧里沉吟。一处园，可以冬夏，可以春秋。
可以在用光影行走的画卷上，描绘祥和，掸落荆棘，
丰富不老的人生。

珠里兴市

在月光们开始融化的夜晚，一粒丰满的珠，把与生俱来的一些故事，讲述给朱家角镇。

槽港河的水流，如同写满字的纸，和经文麇集的声音。

就有一种漂浮，引领曼陀罗艺术馆的风情。用色彩中最高贵的品质和柔弱，把长发盘起，把歌谣盘起。

让那只叫美人的鱼儿，如花般开在龙舟姣好的踝上，捧给你一些芬芳。

在时间的最深处，静听就要熟透的落落大方，

踏雪无痕。

还有一些发亮的快船，轻轻摇荡。用古镇的幽深，饱了你的眼福。

水，是月亮铺张出的绸缎，一遍遍爽滑你的心情。

风，细腻如羽毛一样的风，在你爽滑过的肌肤上，说来就来。你眼眸里的光，一闪一闪，有惊喜的成分。

感觉到青的鲜嫩，和浦的流畅。抖落一身云烟。抬眼处，有深蓝的辽阔和羊群，洁净的羊群，奔跑出赏心悦目的悠闲。

这时的泪，涌溢出海的味道。

需要一支画笔，写意这些用珠玉喂养的地方。

用涉水而至的浪漫，锻造悦耳的歌声。在赛过龙舟的河里，把犄角一样的码头，洗练成安详。

向上生长着的诗歌，在朱家角，是遍地月光……

沃野长乐

1

万亩沃野。

谁在用现代化的理念刷新了田园牧歌？

谁在把农耕以俱乐部的方式昭告天下？

寓耕于乐，寓种于乐，寓苦于乐……

以这种方式品味"一粥一饭当思来之不易"么？

在母爱般的田地上，她的子民以新的身份新的方式新的思维新的技术回报母亲的哺育。

风景秀丽的阳澄湖畔，那一片土地，如同 QQ 农场的现实版——

有白菜、菠菜、土豆、黄瓜、长豇豆、茄子、西红柿、韭菜、萝卜、青菜、玉米、山芋等 30 多种时令作物可供选种；

有自动喷灌系统以及施肥、除草、灭虫、采收换茬等田间管理跟上服务；

还有有机肥和营养液可供选购……

"干一天农活，当一天农民！"

故乡就在俱乐部里。

乡土气息不变，蛙鼓与蝉鸣不变。

禾苗的萌发，就是故乡在萌发；

瓜果的飘香，就是故乡在飘香啊！

2

鱼翔浅底。

那些恋爱着的鱼，在碧波中嬉戏。

水晶宫一样的今天，把水草的故事一遍遍翻新。在梦里出现过的轻盈的水，把心中的树影，飘逸成鱼儿一样的歌声了。

叶子岛以生长的姿态静候这些柔情。

那根钓竿是痛惜与欢愉的纠缠，是爱与恨的交织，是给予和索取的邂逅。一万年了，未曾消停。

一圈圈涟漪。

一圈圈诉说。

都有智慧在随手可及的四周，等你解读。

3

乡野的风。

在城市的边缘盛开。其实，就是这风，让你分不清城乡的界限了——城里有乡，乡里有城。

长乐公园，乡色浓郁。

而其间的宫、苑、园、区、馆，谁又能说这不是城里的概念？把这一切融合在一起的，是盛满爱情的心灵。

从繁密茂盛的树林里释放小清新的诗意，在风光旖旎的田园中享受大自然的安详。卸下心灵的盔甲，摘去烦躁的面纱，

是洗礼，也是净化。

那阵低语，一波一顿，正在拍打今生的灵感，

那串鸟鸣，顺水而下，已经贴近月色的回味了。

是谁？在这长乐园里恍然如梦，不知身在何处呢。

4

引领花朵们进入现代化的意境，是那只蝴蝶。

蝶翅上的阳光，是她们与生俱来的妩媚，和涉水而至的婀娜。

把你的眼镜擦亮。用天空中一尘不染的目光。

对未来的向往，就在眼前的芬芳里。

对故乡的怀念，就在你置身的歌谣中。

正午时分，可以邀你同醉。

在吴侬软语的短亭长廊之外，她们的心事已经铺展出多姿多彩。所有的风景，被你在朦胧中称作相城的园区里，一饮而尽。

第三辑

如

穀

麦苗儿的青，在慢镜头里追上了风，风

吹来蝶翅的热爱，我呼吸此时的青涟。

低处的柔暖融化在锁骨一样的香里，是谁，

在四野横渡，如穀，

用尽十万顷天空的蓝。

——《春望》

白云深处

一段段推进棉花的想象。

在深处，羌笛把薄薄的月光置于你折过的柳枝上。

此时的温暖，已经向西，

出了阳关。

今夜，无色的时间足够渲染一对对逼近唐朝的翅膀。

会飞多好啊，多远的苍茫都不会密不透风，都不会让风，

阻隔一木参天。

——那飘逸而来的，

是你容纳了前世的皎洁，让簇拥，

成为必然。

苏醒

那朵玫瑰在遮蔽之后苏醒。

这醒来的灯盏，一下子就照亮了你鼻尖上的晶莹。

街口的风吹出寂寥。发黑的天空似乎低了很多。而你走来的脚步，无疑是这个晚上最美妙的琴声。

张开怀抱吧——

这一拥，是失而复得的芳香，在含泪的绽放里激动。

之前的寻找在旧家园。良宵已远，浅了朱红。

瓦砾上的苔藓在细雨里活了，一点墨绿，把似曾相识的静遥想得出神入化，让窗口垂下的藤有了回声。

有你的梦，开始呈现色彩，心跳，藏进背影。

是时候了。

你走来，用放不下的前世点燃了爱和善良。

众鸟低徊，万物葱茏。

不远处的回眸，在笑靥里生动。

徘徊

云来遮，雾来盖。

——无眠之夜，有一种痛纵容了喋喋不休。篱笆外的张望带来踏空的感觉，一次次遮掩都是苦味，嚼不碎也吞不下，把灵肉带进了疲惫。

却无法释怀。

针尖大的窟窿斗大的风啊。

燃烧后的灰烬，一片片如灰蝶乱舞。

耳鬓厮磨的日子，一次次被潮水冲开。那本日记上的水印，干了又湿了。才进花季，誓言还没有褪尽色彩。

春雨来过，洗不净尘埃？

怀揣一弯半月，且行且珍惜啊——

除暗礁，堵漏洞，引阳光铺进心底，揽月色伴着歌来——

心的皎洁，是坚守的澄明，

脚步的轻快，是春与夏的联袂，

再不要徘徊……

期待

火苗在花蕊上跳动。

用深情延续着蝶翅的翩翩，让心醉灌溉出风景的呢喃。执手相看，看不够眉宇间豁达疏朗，侧耳聆听，听不尽窗帘外春江涛声。

尘埃落定。

源于肌肤的飞翔带起了弦歌。

兰舟昨日系，桃花今朝开。

岁月用红艳把鱼贯而入的润泽一点点漾开，生命的蕴含呈现含羞的美丽。眷恋。温婉。圆润。

天涯就在身边。

私制的灵韵弥漫，

淡了帆影。

一切都不可言说，不用言说。

那帧视频记录了美好，也把魂不守舍铺在每一次期待之中。一池青荷，自此就有了绯红的理由。火焰越来越透明。

万般柔情已进入喷香的土地，颤动的牧笛飘扬，

天衣无缝。

牵挂

一定是漫长的，

或细或密，抵达目力不及的你在的旮旯。如同在你独行的夜路
上的那盏灯。如同在你干渴时从沙漠里渗出的
那粒水滴。

无时不在。

把你的一切都融化在呼吸里。你开门时拂过你手背的那缕轻
风，你低头时飘向你胸前的那片花雨。

不是问候又胜过问候的温存，不似叮嘱又比叮嘱多出了期冀。
不用回报——
常常是在不经意中穿过云层而来，是滤掉了凋零的
不离不弃。

你的一颦一笑，如号令，牵动每一缕香火。你的焦虑你的不
安，都能引来一串用挪移的方法去排解的福音，和迷蒙中的惊喜。
甚至你惜字如金的回复，也能带给你一方甜蜜。

是无花果，是单音口琴，是靠枕，是网……密如雨点，只愿能
溅起幸福，
如夏季。

红尘有爱（组章）

合欢

风吹过，有飞翔的感觉。就因为羽状的叶？

在羽状的浓淡相映的绿之上，那素雅而又鲜丽的便是合欢花了。

又是一年仲夏，这曾被称作市树的合欢争先恐后的张望，迎接你么？

你在远方。

那是用思念浇注的远方，用槐花熏染的远方。

远方望月，是红红的炭火，灼热而排郁消愁；月下看合欢，是粉色的云。那云，也是鸟啊，一棵老树因此而生动活泼。

合欢是一味药。

寻梦而得见。

从《走西口》的背景之上走来，正如出污泥的莲。忧郁的歌声飘去，就是欢欣的笑靥。笑靥如花盛开。歌声再起，当是悠扬而豁亮的了……合欢，安神通络、解郁活血、疏肝理气的合欢，

应时而生，应运而生，应合而生！

合之欢，带着前世的情，今生的缘，翻山越岭涉洋跨海拨云驱雾披星戴月如离弦之箭，又汹涌澎湃……

在我久闭的心灵里，你就是永开不败的合欢！

心灯

听见裂帛之声了么？

那是歌，是歌里用心的音符谱写的华彩段！激情与生俱来。陶醉随之而来。

是涟漪么？

进入那泓水的，不是石头。

就是石头，也是一块会律动的石头啊——你知道的。

你一定知道的，那是什么。"石头"的律动，从水之深处激起涟漪，呈现一个个同心圆。圆心处，有一棵美丽的树伸展着婆娑的绿叶，

根是红豆。

说不清红豆结晶在几月，扎根于何时。

世人听见的，只是那串串裂帛

——入水是裂帛，绽叶是裂帛；

石头的律动是裂帛，激起的涟漪也是裂帛啊！

裂帛是诗。

一位西方哲人说过：我愿把未来的名望寄托在一首小诗上，而不是十部巨著上。十部巨著可能会随着时光的流逝被人忘记的干干净净，一首优美而真挚的小诗却可能长久地拨动人们的心弦——只要人们的心中还存有诗意。

裂帛就是那首永远拨动我心弦的小诗！

裂帛是画。

是冰天雪地中蓦然出现的那株粲然怒放的红梅，是乌云弥漫时穿过云层突然来到我面前的阳光……

可我最想说的，是那声"厮守"……
厮守是电火，点亮了心灯！
我义无反顾的回答是：
心在，灯就生生不息！

二月无风

有拱破冻土的希冀。在二月。无风。
心室一片静谧。静谧是为了等待为了容纳为了新生为了升华么？
你无语。

古莲子的等待，在千年之前孕育。
还是冬季，欲动的却不仅是心愿；向往的，还有血管的充盈啊……
风景依旧。时光的穿越只在额头上留下痕迹。

来了。岁月的规律？再也无法逾越的必然之途？
亭亭而出的，一定是你！

千年之月来到面前的时候，你不敢相信——谁会信呢？我在槐荫里等待了一千年，我在雁声中等待了一千年，我在蒹葭边等待了一千年……现在，柳枝尚在半梦半醒之间啊！

真的，来了？

舒腰展臂？你迟疑。

四周的些微响动，都给你带来沉闷的回忆。无风，驱不散昨日的泪么？睫毛上的亮点，却有新的含义——是千年的期盼啊，太久复太久，不约而同，都狠狠掐了一下自己……

闭上眼，等待那捧颤栗！
如果这时有雪，请不要把她看成严厉——
她是温暖，是慈爱，是珍惜！
思念，正化作春雨……

五月飘香

水到渠成。如同花的开放。
大地的睫毛在石缝中伸出。春的五指站立，阳光的五指站立。有花依依，吉祥与幸福接踵……

鹰之翅，在蓝天翱翔。
一支古老的歌谣，正情不自禁的从喑哑的嗓中涌出。八万丈高山流水的韵味，一瞬间参透，心绪沉醉，思念已洞穿苍茫。

　　我看到过你优美的目光里那缕深冬的忧郁，我品味出你纯洁的笑靥中那丝初春的苦涩。琴弦不该静止，花儿怎能无蕾？

　　用心思去感动心思，用颤栗去陪伴颤栗……江南有雨，涨满一池含苞的红莲，青帆已起，小舟悠然，秀色正容光焕发！

　　花瓣舒展，有爱长驱直入！

　　花香归来了——心蕊脉脉，溢远的香气，氤氲在五月，在那个相濡以沫的现实的梦境里！

　　在心的沃土之上，

　　五月的香，无边无际……

七夕之后

　　暗香浮动。

　　有一片温暖漾开。千帆涌来，更正鹊鸟误传。谁说年年只有一日？

　　就是一日，也是天上日殊！

　　云想衣裳，遂长袖曼舞；花思容颜，看腮红点点……

　　灯亮了，一盏一盏，照亮前路的孤寂；

　　月满了，浑圆浑圆，哪怕还有上弦下弦……

　　所有的等待，化作岁月中的故事；有故事，就能代代相传。至于那缕猜测，已在醉心依属时成为笑柄，早在金风玉露中倏然飘散……

之后，是香醇——

如果说空白都能美好，又何必朝朝暮暮？

恒香弥久远，是因为心不再枯瘦啊！

温暖翻涌，撕开了时光的羁绊；

乐声鲜活，超越了天上人间……

用生命浇灌，天天都是七夕，时时都有美满！

晨曲

从一江月光中走出。早晨，来了！

被月光清洗的早晨，如同越冬的新茶啊，掠过鸟啼、唢呐，露珠、朝霞……崭新的早晨，是大地芬芳的唇！

初日新鲜。

是粉红的荷苞呢，水在你的脚下蓬勃，因为思念？

曾经是冬夜草地里的一截枯枝，被早春揽进怀里，才汹涌着绿向远方。

是回报么——收容那块山石，和山石的泪珠，缝合大地和天空，拥抱早晨……

天高。风清。水亮。雪新。

　　早晨！一天里最充满活力的部分——是生命追问捕捉的思想火花，是灵魂追求寻觅的美好方向，是优雅控制的雄辩的首句，是理路清晰的叙述的开端，

　　是激情、才华、灵性、快感的始发站——无论春夏秋冬！

　　我的爱人，在那个早晨，你已经成为我于荒寂里长久等待的命中注定的那个人了——从这里出发，我开始一生中最年轻最充实最能抵达生命深层景观的大美航程！

　　晨曦里，有泪在远眺的目光中闪闪……

远和近

　　幸福之岛。随水而浮，由远而近。
　　流淌。

　　是逆流而上呢。
　　攀缘的路，那么漫长。景色，明了又暗了；海鸥，来了又去了；水，未能平静啊，痴痴的心事，越来越浓。
　　在越来越浓的痴恋里——
　　岛，近了；云，高了；荷，清亮了；心，交溶了……
　　千帆过尽，才得以守护真实的小岛！

　　是对漫长的告慰，是对痴恋的报答么？
　　千帆不语。

千帆是岛的背景。远是近的背景。

时空距离上的身的远，让位给超越时空的心的近——漫长是远，痴恋是近；漫长中的痴恋说明着爱！胳臂是远，印痕是近；胳臂上的印痕论证着真！

那一吻，岁月纷纷逃遁，坐标醒目！

干花复苏的过程，不用远和近来叙述。
而那首同名的小诗，已经有了新的注解——
在近到融为一体的两颗心里
——有久远的琴音！

山水

一万年了，都说是风景。
山是水的风景，水是山的风景；山水是月光的风景……
一座青山。一江春水。
奔突的岩浆呢？

远古的一段爱情。
孤傲的头颅。
有激情在心底燃烧，却寡言敏行——"若不同心，岂能同行"？
——相依相偎了，用得着说？
偏有苦涩在另一半的唇齿之间游弋，欲说还止，有泪浸心；从春到夏，从秋到冬……

弦欲断。大惊！

内心的炽热奔涌，成山。有水环绕山脚，淙淙——
还在等那句话么？

谁说弱不禁风——北风如刀，割不断坚硬之水；
偏有小南风，妄图缥缈柔情……
希望冷却过，被阳光引燃；期冀凋零过，让月色唤醒。一泓生
命的泉，一尖蓄势的峰，脉脉在世人的凝望之中……

山峰终于听懂了流水的心音！
深情一声：我爱你！
青山已成为温柔的江岸；春水，正向幽深处奔腾……
一万年的美丽，如今才进入从容！

丹青

是时空距离造就的美感么？

清声悠远。
从长沙陈家大山的楚墓中走来。两千多年了。两件帛画。
此后，有轻灵之气氤氲逶迤，或雄奇纵逸，或绚烂浓艳；或秀
润缜密，或粗率简练……
有洪荒的激流，岩石的喘鸣！

是本真的呼唤啊——依托线条的升降、遇合，追逐、呼应；节奏以疏密流露，和声借浓淡呈现——在平静、跌宕之间巧妙交替，于转位、增强之中展示新颖！

是诗！

不求形似，只以警拔清新构造心声！

有诗人说：丹青为心而作，眼睛无足轻重。

心的承接，情的融汇，爱的升华

——美感由此而生！

至于价值，价值在于稀有，在于陶醉、抚慰、激励和希冀的作用——

有理想的引领，美感就在义无反顾之中……

知足

清水出芙蓉。是一种感恩。

是知足！

——不管脚下的污浊，不问身后的冷风。天然而起，自然而来。内心没有凄楚，姿态不是无奈

——朴实无华，且气韵生动！

知足是肯定，是鼓励！

尽管知足有时是天真的梦幻，痴迷的倩影——但有了知足，才不会被人生境途上的困厄所打倒；有了知足——才能蔑视权贵世

俗，冷对沧海变幻，任自放达无羁！

哥本哈根。石板路。仄仄的小屋。
裹着毯子在寒冷饥饿之中写下世界上最美好、最纯真的文字！
——这位世界童话之父，挫折接踵，贫困缠身，却没有把怨恨和诅咒倾泻给大地，只从心底流淌蔚蓝的海水、明媚的阳光
——抽出闪烁爱之光芒的丝啊，温暖着一代又一代儿童！

知足是爱！
就是对令人恐惧的黑色死亡，在安徒生的笔下也那么温馨——
"母亲，我累了，我想睡了，让我歇息在你的心畔"！

路漫漫，知足是灯。或明，或晦，皆有光在心里。
雨起时，知足是伞……
撑起知足的太阳，爱——
无边无际！

桥

写桥，是因为那一湾碧水么？
河无桥而阻。

如同男无侠骨，女缺柔肠。
花无叶，便少了相伴的韵致；灯无光，就不能把深远燃亮；蜘蛛无网，是全无依凭；星夜无月，空阔是空阔了，却多了荒凉……

蜿蜒。

从远古而来。桥为河而生。

河是桥的身躯，桥是河的臂膀——拥抱由此发生，沟通接踵而来。

河需要桥，尊桥在上座，又悄悄把桥的影子印在心底；桥肯定河，俯身而就，倾听河的絮语，沐浴河的心香……

比照鸟的轻率，桥很固执；

面对船的游移，桥显坚定；

相看墙的封闭，桥表达了接纳和开放……

如果河是情，那么，桥就是爱！

穿花拂叶，遇河有桥——

人生便无比豁亮！

等候

望夫石。

屹立在空旷苍茫与波飞浪涌之间，千年只是一瞬。

且等且候。信念如铸。

荷塘月色。非空静不能欣赏。

空静是一种等候。

等候是行动——是炼心的行动！

没有心动，就没有等候。"如果我们的心预备好了，所有的事都成了。"莎士比亚如是说。

凡有耕耘，皆有收获。

而等候往往是九分耕耘，零分收获——

长时间的等候在即将握拥收获时回头了、放弃了，收获到来时，望着的是你的背影……

只有当你付出了十二分的等候，才有可能得到一百倍的回报！可这之间的屈辱、焦躁，悲叹、煎熬……又非常人所能忍受啊！

然而，能让我们忍受的，又恰恰是等——

在孤岛里等候远方朋友的来信，在寒夜中等候爱人渐近的脚步，在站台上等候载着亲人的列车……

以及等候孩子的出生等候作品的发表等候久旱的雨等候相执的手等候回应等候成功等候黎明！

等候是大爱！

人生中，谁能一无所等？

牵手

与子偕老。涛声依旧。

两千年了，岁月用她的筛子给情感留下的，只有：

牵手。

宇宙深大。星子遥远。

却有相依相恋。双星以交相辉映的光穿越十万年的长途抵达我们启示我们感召我们等待我们的，也是：牵手。

凭窗。守一本古书。

有清香弥漫心室——源自泛黄的书页与修长的手指相触碰的一瞬啊！

潺潺流水。巍巍高山。其神韵清澈的舔舐耳膜进而在心灵上产生美妙的共振，不就是通过弦与弓的牵手么？

手是心之花！

走出荆棘林莽，领略婉约柔静，幽娴恬淡；

告别花前月下，经受狂涛骇浪，颠踬困苦——

只要有爱存在，正如星系的中心有火焰体存在——在飘升、下落、辉煌、暗淡、富丽、坍缩之后，想要握住的，不过是互相伸出的黑里泛青布满斑点的一双手！

牵手，是风景中的最美，是等候中最醇的酒！

震栗、怡悦、幸福……就在盈盈一牵之中成为爱的极致——

今生来世，红尘相伴，只愿牵住你的手！

舞

邀月而舞。

酒是魂。

释放。

是金属的柔顺么？叮叮当当，逶迤而至，如水。

炊烟，一缕缕，越过树梢；树梢，悠悠然，越过黄昏；黄昏里，月伴爱，俯首而升……

舞起来吧，爱人！

袅袅婷婷。

比风静，比鱼缓，比荷叶中的水珠圆润；淋漓酣畅，比鹰猛，比豹疾，比电光雷鸣强烈……

这是舞么？静如处子，动若脱兔；如岚，似火！

这是爱啊——萌生，成长，升华……踏雪披雨，迎风踩霜——如果有一支歌，鲜活了舞的灵魂，那一定是抚去忧郁放喉悠扬的你；如果有一种鼓，激昂了今生与来世的爱，那一定是至情至性挥槌如闪的我……

凝爱，成一种舞。

朴拙。灵秀。热烈。

那一个图标，是你，赋予它情的魔力——让爱降临。让沉睡觉醒。让寂寞得到抚慰。让火焰不断升腾。让灵魂与灵魂拥抱，从此不再分离……

星是手相触，月是心叠重。

星月脉脉说期盼：
爱人，与你共起舞！

鸣沙山

大漠。孤烟。玉门关。
偏有沙岭晴鸣，响一处江南。
鸟声悠然。

神女香灰掩忠骨。将军征战人未还。
传说而已。传说也美丽。

山脊依然如弓。发射心中的甜么？
在陡峭与磅礴之间，有轻波凝固——为蜜月造像，为幸福刻图！经历了人间如梦的岁月，才跌宕有致，萦回成旋！
或湍急，或潺缓，都是心潮的涌动——沙滚滚，有如万马奔腾而惊心动魄，是回溯昨夜；风拂过，有管弦丝竹不绝于耳，体会今朝而向往明天！
寓柔情与刚毅之中，棱角分明处，也深情款款
——是心底的爱，正美目流盼！

琴弦动，牧笛响，鼓乐鸣。
是雷送余音，风生细语啊
——有大爱在胸，任践踏也曲线无损，有滑痕也稍显即返！

是古迹的境界？炙热而冷静。一万年了，看谁能够抵达——
抵达在天地间回荡复回荡的声音：
拥爱入怀吧！拥月牙泉入怀……

家园

在童年的双眼。在青年的脚下。在中年的心里。在老年的梦中。
——家园，是人生的母亲。

有竹，风才显形。

颠沛流离，也成就了历史。在时空的张望下，我们行走。
为了觅食，为了栖身，也为了掠夺，为了占有，为了寻找为了追
求为了文明为了创建为了诺言为了相聚为了别离为了趋福为了避祸为
了……
家园是根。

岁月淙淙。
那口井静静的卧着。溪头荠菜开出星星。老屋苔藓鲜明。雨中
的银杏树风采独具。月下的凤尾草品味山岚。
哦，在我们的思念中清晰的，在黄昏的树梢、在河边情人的肩
头上升起的，
是你么——家园？

一群找不到归程的迷雾，一条在河流中无桨的船——是没有家

园的。

家园是心的置放所在——
苏东坡有诗：莫作天涯万里意，溪边自有舞雩风
——有爱就有家园！

是浪花之于大海，是彩云之于天空，是我之于你——
有你，就有家园！

渴念

漂泊。孤独在行程之中。
渴念沉沉，肥沃于岁月的爱语里，跋山涉水。

棕色的风衣，刻画冷峻——却裹不住热浪！
仰视。有鸟飞过。
爱是守月之树，叶，一片，两片……是信，在月的眷顾之下化
为来年的养分，微笑灿烂，霞霭纷飞。唯归宿不变，美妙依旧。
红唇鲜艳。

有心语相约。相约就是永远。
与那帧照片默默对话，写下相见的设想；与那间小屋一起怀念，
积累动情的重量；与八月的情感同步狂长，叩问来日的憧憬——
我以倾诉的方式回答你：涌泉不会停歇，飘不落的日子，总在
梦里闪现；有一个美好的未来在等待着我们，渴念就是心与心在地

球上撞出的奇迹，就是家园！

短暂的别离，让渴念成为繁华。

在案头的思绪里，我们何时能够成为那对小瓷人，吻相接，手相牵？！

小路。雾岚。灯塔。

山与海，海深共山齐。

想你！冬去春来，我焙烧一尘不染、炙热如火的情，为你——

濯足！

写恋

野渡。舟横。

风声些微。

是恋么？波纹疏了又密，不停。

树梢。月色依旧。

有音韵缭绕。

是恋之丝么？夜岚散去，难释心中的缱绻……

翱翔。

时光之翅。掠过蓊郁和缤纷，朝向纯净与深沉。

于凝神之际，舒心——那组诗，正是用丁香花瓣为词，用松柏翠枝为句，用江海雄波谋篇，用高山奇峰布局……

穿行其间绵延不绝的情思，经得住寒霜的覆盖，冰雪的侵淫……

年轮增。花枯。草荣。旧径消瘦。

桨声远去、灯影不明——熙熙攘攘之浮华平息，唯有源不竭——

痴恋，是大爱之源啊！

生命匆匆，只有痴恋，方可让躯体之中有激情和力量排空而来，才能使灵魂之中涌不息浪波而得以永生！

生命，恋你而不老。

恋你，白发在返青！

心境

充实。明媚。

馨香四溢。

以放射性的鱼尾纹所揭示的，就是我的心境——

表情是心境的门户。

蹚过河水。

只见冷艳的莲凌波而来，濯我以透明，洗我心性之蔽——

诸般妙音因此在耳际共呈，心生轻翼如同向阳之花，翩翩然……

是回报吧——濡冷艳以湿润、以热烈……卷走晦暗！

荷香成为底色。

尽管冬之翎钟摆一样飞来，喧哗的风染白两岸，但铸在心底的思念会像针一样透过像水一样漫来像光一样亮着，穿破夜色钻出梦境，

散发醉人的清香......

总有阳光君临。

滋润。温暖。

凭栏。看月光如蜜，望流云从容。在飘然超拔的心境上——

有鹰翱翔。有爱坚定！

倾听

在等待之后，

我倾听。

面对月亮般的心语，还能有比倾听更惬意更温馨更幸福更如诗如画的么？

倾听是香草山。

厮守的形式。

心之感性、理性、悟性、神性、灵性的门户。远离热闹与纷争、避开寂寞与清苦的选择——

倾听是收容无边无际、无始无终幻想的驿站。

在心神交会中体味久远感动的，只有倾听。

倾听是一种善良。

相对于远行，倾听是家园；相对于浪花，倾听是大海；倾听是港湾是蓝天是静夜是深邃是陶醉啊！

倾听是至爱无言。

风月红尘，尽在书生倦眼里么？倦了倾听或少了倾听啊——因此没能发现化作春泥的落叶，生命山冈上无羽而翔的苍鹰！

倾听也是钓翁——

以目为竿，以心为饵，垂钓——不！倾听……

倾听沧桑岁月中那颗同样有爱的心灵！

月

心中有一弯月。

不大不小。不长不短。且旁若无人。

欲望如乱云时，见不到她；心思在杂草处，找不着她——莫说难寻，一汪静水，几许清风，她不唤自来，淡雅款洽，含蓄从容。

是高绝么？

脱尽繁华见真纯。

没有花枝乱颤，不见波翻浪涌。亲和、自然且内蕴丰厚——相近以融清趣，赏读可避浊俗。

饮之如新茶，闻之若陈酒，飘然在沉醉里，微醺在春秀中——

让心从脆弱和刚强之间逸出……

红尘悠悠，更须凝神内视啊
——有月，曾不觉玄妙；无月，就是寂寞无边！

掬月，如水。
有根之人以树的形象而得之，不离不弃。
不大不小的秘密，不长不短的故事，无人可解的心绪……也在
那月中了啊！
有月相伴，人生还会清苦么？

雾凇

沉静。热烈。鲜活。茸密。
在彻夜不眠的灯光里悄然降临的，是你么？

冰清玉洁。深浓圆融。
如果说雾是离别，雾凇就是思念。
在离别的日子里凝结的绮丽的思念
——把那根草梗也装饰的美奂美轮，扑朔迷离……

在微风中叮叮作响的是问候，
在枝条上绵绵伸展的是牵挂；
在原野里恬静安然的是信念，
在天地间单纯澄明的是情愫……

柔情似水。

深情就是冰晶？用纯白掩盖着等待的昂奋，用结晶包裹着酸甜苦辣——结晶成冰也一样可以解渴啊……

整装待发的小小行囊，已经长出粒粒欢乐——以梦的颜色，以冰的缜密，以玲珑剔透的形态——有一粒是我，有一粒是你！

融化吧，融为一体！
那一轮茸茸的鲜丽，正走向我张开双臂的
怀里！

鸿爪

扬州。个园。
于春夏秋冬之外，寻千古月色。
沉思的姿态。"月映竹成千个字"——
在雪之上，在雪泥之上呢？

鸿爪。

竹影也如鸿爪，一个在月下，一个在心里——那扇门关了又开了，鼓动白色衣裙的竹风来了又去了……

雪，不期而降，冰封千里；又悄悄融化——融化的力量，一定有鸿爪的参与——用细小而深邃的烙印，把竹的形象定格在坚守的含义里。

个园淡冶。鸿爪骨骼。

在阔大的空间背景的映衬下，不以细小而退缩，不以纤弱而萎靡

——听从内心的召唤，并且行走——是坦率的青春自白，是个性的明澈表达，是寒冷中的裂帛之声啊

——纤细的趾，抚摸生命中最容易忽略的部分，无论凸起或凹陷，都是点燃！

爱的鸿爪烙在心的雪泥……

松风竹影易逝。雪泥鸿爪长存。

当阳光考验着柔软的雪泥，只有鸿爪能够成为——

生命的立体！

祈愿

站到你面前！是鸟翼的想象么？

起步于青萍之末，从阳光发芽的地方升腾，渗透，弥漫，环绕。什么时候，长成了神秘的依傍？

水面上的涟漪。寒冬里的暖阳。

有声或无声，总愿与祝福相随相伴。

低心或抬首，都会让双掌相依相向。

是希望的暗喻，是热爱的图腾，是思念的亲眷，是寻觅的锅庄。

远方的帆影儿，来了；心上的弦丝儿，动了；老井中的月牙儿，圆了……

用激情而沉默的燃烧，排列起爱的音符，让梦想剥去虚妄，让

虚妄远离梦想——

路好长。

心愿更长。把真诚的祈祷添加进永不沉沦的心愿，便有了玫瑰的浓馨。把痴情的鹂歌插上高翔云天的双翅，就会是七彩华章！

飘动的感觉，高了；那枝细细长长越伸越远的树梢，拉近了天空的回首，拉浓了尘世的热望——

你！就在我的面前，

就在我的祈愿里笑意盈盈，泪珠闪亮……

缝隙

永恒——

蛰居在岁月的缝隙里。

瘦，是因为缝隙？

思念在距离的缝隙里生长，爱才浓郁。泉水从岩石的缝隙里涌出，心声更纯净；灯光穿破暗夜，缝隙竟是光明……

笛声。透过雨丝而来。

是心跳的释放——释放，需要空间；

吻合，要有缝隙。

地板的开裂或起拱，是缝隙的疏密无致；

感情上的剑拔弩张，是"美好圆满"有余。

我庆幸——你和我之间，有着"缝隙"——人生没有缝隙，就像国画没有留白，岁月没有四季……

天天都是春，你能知道春的美好么？

喧嚣的背景下能够体味安静，尚有缺欠里呈现精妙绝伦——谁能说这断臂的维纳斯不是美的化身？

远山在退，因为你已在心的注视中成为近景。

香格里拉，在现代文明与远古莽荒的缝隙之间，布满眷恋；

我和你，在时间和空间的缝隙边上，浇铸永恒……

呼应

不可抵御。

如月夜的弥漫。野天鹅的焦灼。丁香花瓣的湿润。

是一种流质，自天而降！却又悄然无声。

我在你心的磁力般的呼唤中，遍体通明。

第一声啼哭炽热着，清晨无法克制。

是回应，以风暴的线条？

谛听：

芽苞在枝条上鼓动。情态在音容中飞扬。海岸线在注视下柔美。大厦在废墟中萌生。以及雾凇在冬至之后生长，丹青在对白里成型，归来在等候里启碇，家园在行走中葱茏……
一呼一应。

呼应。
生命因之强健，婀娜。
在灯红酒绿、声色犬马之外，你的每一声倾情呼唤，都有我真诚的回应——

这一刻万籁俱寂，这一刻灵魂充盈！
在辽阔而自由的天宇里，呼应——
正对抗流俗……

迎夏

有水草在体内萌动时，春就深了——
这应该就是初恋。初恋降临，就是成人了。
春深为了迎夏。
成人就是夏——如果人生也可以分为四季。

夏是相信奇迹的。因之迎夏的人在春里积蓄。浓荫渐起。月夜不凉了。

夏就是磨炼。
春的温软与躁动、舒缓与盎然，都将在夏的磨炼里淋漓尽致——

阳光在磨炼中由抚摸成长为洒泻，绿叶在磨炼中由稚嫩走向成熟。飞扬的更飞扬，深沉的更深沉……

你告诉过我，惜春以迎夏，爱春夏更浓！是的，春在夏的注视下，正醇厚而激昂……

夏季里，还有避雨的蝶呢。怎能不避？张爱玲都发现了《夏雨》的"声如羯鼓"啊！而高骈的"水晶帘动微风起，满架蔷薇一院香"，更是对夏的摇晃。

夏是明亮。夏是热烈。
夏是一个不用化妆而美丽的季节！

迎夏，我就是那缱绻的长琴，放飞一串串荷露——
在你蓊郁的草丛！

盛 放

平静如夜。如夜也是盛放。
在初夏，思念以山的姿态走向细流。

盛放如瀑。如瀑还是盛放——
勇气和梦想，不是背景。

不是过客。
盛放是生命的一部分。是幽径上空的星星，于无声时，执手相望。

心事葱茏中，暴雨也是温柔。眼睛深邃里，激情就是宁静。

在悄然之后飞翔，一如高原的速度，在豹子的四肢；

大地的寂寞，是风的翅膀。花香欲滴，蝉声能烊，是内在的热血展露阳光的节奏，是陶醉的细节铺陈诗意的张扬……

憧憬。以盛放为芽。

那封寄向远方的信，渐渐充实；那支回旋飘扬的歌，正显高亢。溪水平静也欢快，马蹄舒缓亦激昂——都为了爱，为了盛放！

八月很香……

河滩

视野由此清亮。

河滩，水之裸根。衍生过且还将衍生边缘化之下率真的持守和吁求。

丰美，以及荡漾。

贴近。

万劫不泯。也有羁绊，如名缰利索；也有浮躁，如龟裂尘扬……

但河在，河滩就不会迷失。悲悯不变，素朴不移，内省不改。目光的抚触抑或是抚触了目光，坚定也柔情，以坦荡而厚重直呈于世，以包容和热爱奉献于水。

那支歌沿河而行，"半个月亮……"

你来了。
在河与滩之间。那棵老柳轻轻拂动……

河滩在加宽胸怀，
河水在加深重量。

晴日

晴日是相思的雨夜洗出来的。
洗出来的，还有山川明媚。
还有天之高，云之白，水之绿，风之朗……

深入与纯洁。藕。收获的时节。桂花。思绪飘香。
——谁的红装素裹呢？
晴日里，田野叮叮咚咚。

被岁月抚爱的道路又一次被照耀。心愿在心上。
那一天，有什么在飞。
眼睛，看懂了热烈；耳朵，听懂了风声；
呼唤，也闪闪发亮……

川江号子一样酣畅。你，温暖而富有色彩——
你，正穿越苍茫……

云

涧中有水，水中有——云！

云，是甘霖的巢，是悠远的歌。

因了云，那只鹤自由了——"闲云野鹤飘逸处"；

因了云，那泓水光亮了——"影虽沉涧底，形在天际游"；

因了云，那岭山生动了——"峰腾云海作舟浮"……

而云，是思念凝成的。

生活在纷繁的尘世，希望是一片云；身处在灰暗的低谷，需要有一片云；繁华过后，觉醒在一片云，平凡之中，亮丽于一片云——

云是一种承担。

是放松的也是向上的承担。

她抽象，谁也无法把她握在手里；她具体，只要心底有，便不会眼中无；

她高高在上，是思绪的依傍，是精神的贵族；

她不即不离，因天空而生，因湖水而存，因高山而在，因清风而动，因心灵而有……

云，就在这个世界。

人生必要一些向往的东西，比如云。

精神层面上的云，让宁静悄然萌发。宁静而真诚，方能删繁就简，拉近梦想，铸就对诺言和信仰的坚定。此时，回首这个令人眼花缭乱、充满各种诱惑的世界，该有感叹，"鹰有时飞的比鸡低，但鸡永远飞不到鹰那么高"！

更有珍惜荡穿其中——
如同雪后寻梅，霜前访菊，雨中护兰，风外听竹——
所有的坦然、潇洒，都因为心有——云！

而你，就是我心中的云！

桂花

蛰伏在枝枝叶叶间的真诚、善良、挚爱，一齐涌来，昭示亲和无间；内在的冲荡，在不经意之中，熏染魂灵。

昨夜，桂花与明月一起来了！

一起来的，还有你的信。

已经是之六了，如同园子里那株六年的桂花树，如同我写过的"在青草和牧歌的氛围里 / 想象母乳 / 在盛夏想象碧波荡漾的 / 荷塘 / …… / 蜜蜂飞来 / 沿着那条跑马溜溜的山路 / ……"

开放在期待之后。

开放也是一种期待。

不争参天，却"桂子月中落，天香云外飘"，未入《离骚》，然"何须浅碧青红色，自是花中第一流"！

是芸芸众生，不显耀人眼目的行色，暗放沁人心脾的清醇；在孤独和寂寞中，积蓄馥郁，与平平淡淡里，付出浓情——

"一枝淡贮书窗下，人与花心各自香"！

以心灵应对心灵，以开放回答开放
——不让"期待都是苦滋味"，应将芬芳洗衷肠！

何为动人？八月桂花树下，那越来越近的——
对话！

勿忘我

蓝色。是海么？
一朵花，唤来海水漫过脚踵……

薄如蝉翼，却色形久远。
久远——是深爱的光的巢穴，是平静的湖的眼睛——独立寒
秋，叫：勿忘我；结伴玫瑰，名：爱不变！
我默默念叨着的是你的别名：补血草。补血，补滴滴热血，补
红尘之红……
怀抱因之温暖，凡间才不至于厌倦——心跳，咚！咚！

十里相送。河上微风。
怀念秋天枫叶红。

五月。八月。十月。
……每一个夜，都在你的低语中醒来；
每一个醒，都在你的牵挂中辗转；

每一个牵挂，都如叶子，渴望着风；每一个渴望，都有风中的迷醉和躁动……

因为勿忘，内心便开阔起来；
因为开阔，人生的坚定一如天山——
爱啊，到了深邃的境界，就是博格达峰！

坚执

古莲子。千年。
为了一个梦。
——那个影子升起，如一支翼。

卷草依旧弯曲。
有风来过，跌落了；有水溢出，蒸发了；叮咚的琵琶响起来，又走远了；荒漠里的小兽悲鸣着，也遁去了……重重叠叠的岁月随沙流散。
砾岩寂然，没有路径。
唯有月以皎洁注视，期待，谛听。

只要在听，就有生命——
哪怕是在旷古而绝伦的静默之中。在静默之中坚忍而执着，在坚忍而执着之中面对绵绵无尽的时间，萌动，伸展，盘绕，从容……
那支翼，如歌。

坚执是一种境界，非心无旁骛不能达到——

钻天翼羽动，飞扬！古莲子润泽，娉婷……悠远之后的瑰丽和热情，正是对坚执卓绝而高洁的鉴定！

天籁。天籁透明。

而坚执的思念愈见鲜浓。

——在生命的深处，我和坚执有个约定！

份

缘由天定，份在人为？

火花一闪，缘来；柴薪充足，份到。缘份齐备，如梦令啊……

说缘是雅，说份便俗。缘若仙乐飘飘，份即为降落凡尘。缘是过程，份是结果。缘是份的花，份是缘的实——

就如辽生师放在其新著《抚摸命运》卷首的《一支钢笔》，开篇便是警句，"褪色的是词曲，永存的是旋律，这可能就是人们对其第一首情歌没齿难忘的缘由……"

——几诉衷曲，有情人未成眷属——症结在结核杆菌。

一个为爱不惧，其言掷地有声，"我要的就是你的杆菌！"

一个为爱而拒，其语委婉也坚定，"……可是，可是咱俩不行，我已经结婚了。"

当她悄然绝尘之时，其字迹歪斜的留言，如泣如诉，"其实我早已爱上你了。我不曾结婚，我骗你的，我让你死心。我的病好不了了。……但由于拥有你的爱，我也心满意足了……"

语短情浓，文短爱深，都是心歌——

才肝肠寸断，欲哭无泪！缘是有了，却无份。

回眸，看在凡尘中千淘万漉有缘相恋且得以牵手的你我，其本身难道不就是奇缘妙份么？

——任时光流转吧，缘份也是图腾，要用生命护卫！

灵犀

心有灵犀一点通。

灵犀，在哪儿呢？

犹如天籁，似有若无。

而常常让心弦颤动，如云一样飘荡的，是你么？如小手一样抚摸如风铃一样脆响如草叶一样清香的，是你是你么？

灵犀有孔，却不是八面玲珑；灵犀生光，也并非散漫无边；灵犀如秋波一闪，与随处可见无缘；灵犀是妙悟突来，遮蔽已成云烟过眼……

月夜。有叶在飘逝。

不是所有的人都能感觉到这飘逝啊；而飘逝是为了新生，悲秋的人能体悟得到？这感觉和体悟，是灵犀的触角么？

心有灵犀是有悟之境。

让灵犀在心中筑巢的人，是有爱之人！

而你，
就是那个点破我迷惘赐给我灵犀的情歌！

松

从画面左上方伸下的那羽青绿，是大自然的守护，透露出生命的和谐与冲动——
傲然而飘逸。

适合管弦丝竹的缠绕，还是
白雪的覆盖？
你沉默不语。
风来了，松涛是岁月撞出的丰满回音……

小河，从你脚下潺潺流过，如历史；
流云，在你头上悠然飘来，是思绪。
以枝叶为月亮装上翅膀，穿越，便不是神秘！

站立。等候。把星光揽进胸襟。
内心的烈焰烧尽时间的碎屑，托举生命的高度——
在汹涌的梅香里！

乐余老街

那株瓦松在风的指点下，开始诉说乐余，和乐余的久远。

还要在金色的喧闹中，站上我寂静的眸子，以封面的姿势，满足，夕照的沉稳。

乐余老街。

用青石板以结实的身躯，赶走曾有的冷清。感觉自己铿锵起来，如鼓上的槌。渐入佳境的书页，摩肩接踵。

我看见玩扯铃的妹妹，和被红头绳扯醉了的天空。

一种可以让岁月藏匿的枝。蟠枝。

店铺在枝上长出叶来，一片一片，是我临摹过的市井。

也开花，如同线装书里的插图。步步莲花。

我停不下来了，在高挂的红灯笼的韵脚里，连缀新与旧的约定。

或沉，或醉，一街的雍容，直到满镇的风月，水流一样漫过来。漫过来，情不自禁地抚摸这些曲牌，和可以吟诵的纸扇。

在乐余老街。

有干净的童谣，在恍惚的竹马上若隐若现。一架硕大无朋的风筝，是种子，在老街的春天，不偏不倚，

埋进我的心田。

芦苇荡里

不着一笔。

你就把风的劲，放在那些齐刷刷里扎根。茨菰、荸荠和蚌蚬、螺蛳，想把行程走完。

在我的身旁，是你未曾见过的词，是我怀揣过的水意淋漓。

白云飘过。

那白，像是我佩过的玉。信马由缰。

让我把暗示留给芦苇。千顷。而且成群结队。

你禁不住高喊一声，却没能听见，那盼望着的回音。

——说不出它的深邃。

你就在不远的地方养一片浩瀚。起伏不停。

可我只要一瓢水就够了啊。我不会游水——

你比任何人都清楚：

那些幽深，总要不断，轻轻，拂过我的灵魂。

韩山社区

烟雨在江南的脊背上聆听。

当年的烽火台，已经垂下帷幔。韩老，世忠，您亲手植下的树，绿树，枝繁而且叶茂。

是这烟雨中的伞，如您的心思。

您，早起练剑的身影，在广场，可以申请非物质文化遗产了。

我就泛起一些琴声。古琴。

是可以触摸的色彩，在整洁的院落，寻找曾经的棋盘。

两岸稻香。

楚河两岸稻花香。

漫卷诗书，我置身画里，只好顺流而下。八百六十多年过去，就是桃花源，在社区芬芳。你们从我的目光中，勇往直前。或如云朵一般洁净。

那街，那景，我知道，都让鲜亮的欢愉洗过了。

韩老，把户口迁来吧。

我也来。那片月光也来。推杯换盏，读书，习字，还要聆听那阵歌声。

悠扬而起时，你们可以天籁。

嫣紫姹红只为春（组章）
——摹喻继高先生画意

和平新春

春深了。

深在染国色于天香的牡丹中。

深在迎寒风以壮骨的春梅里。

深在讲气节而清醒的新竹上。

深在太湖石的祈愿、点点浓绿的致意、习习和风的祝福和先生炽热的情思中……

目光炯炯。如那些老歌……

"大刀向……"

雷电般震荡着歌喉。

让历史和弹痕，阳光和自信，复杂而单纯的擦拭心扉。

终于走进安详与宁静！

天籁喃喃，绿洲茵茵——

羽毛遂之鲜亮！

夏的热烈、秋的稳健、冬的厚重……纷至沓来！

和平是魂！

菊蟹图

是等待的自信。

冬等到了春。春等到了夏。夏等到了秋……

等到了溢出心田的快意！

喜悦和昂奋，被先生的大笔隆隆唤起！

白菊清丽，清丽如"四五"的音符；

绿叶劲拔，劲拔为田野的丰沃。而泛红的螃蟹，再不能横行到我们的笑声里！

又是一次等待。等待富饶的起程。

菊香蟹肥——是种下汗水开出的花。

是播下希望结出的果。

是善待生活的人们应该得到的回馈！

等待也在珍惜之中。

珍惜，珍惜生命中每一次菊香蟹肥！

孔雀戏春

丰盈的春，是一卷等待激情的上好古宣，以明媚作底。

而浓墨重彩，已非你莫属！

爱着——裸石上开出的斑斓，在融化了百花的熏风中轻轻摇曳。新雨后飘落的流光，在饱蘸了芬芳的歌声中缓缓起舞！

美啊——
蝶起蝶落，屏开屏收，水短水长，是春的拔节；
淙淙潺潺，簌簌卜卜，嗡嗡嘤嘤，是春之环佩；
盛放的芯蕊，是春的酒窝，灌满了诗的浪漫情的浓郁……

也有落花，却乘流水传递春的消息；更有阳光，犹如鼓点濡染春的喧闹……
而春的眼睛，正在先生的笔下生动！

于是，春天这祯古宣，
因您而灵秀而起伏而激情奔涌……

莲塘清夏

那年的风，说息就息了。
一泓清泉在这里拐了个弯，留下了这方明媚的水塘。
日月星辰，赠水塘以灵气，成就了你的家园。

山高水长。
亭亭玉立的蜻蜓在自己的梦幻中飞走了，没动摇你的孕育；
淙淙的水声冲淡了岁月的遗忘，也衬托了孤寂——却更激励你的盛开，以洁白的清芬慰藉心灵的呼唤。

那只鸟儿来了，告诉你山外的夏，浓艳，热烈。

你点点头，笑了——有可以祈福的力量，有可以仰视的天空，已经足够。在山中，你习惯了也爱上了这清夏！

想起那些风生水起的日子，你欣慰今天的宁馨。

深水静流，你并不是孤芳自赏。

梨花春燕

先生以敏锐的听觉捕捉到：奔走相告的激情，深邃而又盈漾的心声……

就是一夜春风。

冰，融了；冬，碎了！

甘醇的露珠已洗去跋涉的风尘，你把惊喜挂满枝头！

带着那年早谢的花儿的祈盼，携着层层叠叠的纯洁的心愿，以复瓣的玉身雪肤的清丽，密密匝匝，连天接地，把醉人的春光点燃……

我们看到了，看到了那次相见！

故事在如歌的飞舞里茁壮，怀想在坚实的枝干中潺潺……

灵灵梨花，是今春最初的阳光！热烈而又温暖，一扫朦胧；淡雅而又柔润，清香脱俗；无瑕而又灿烂，象征恒远……

就托先生笔下的那两只春燕吧，托春燕送上我们的感动，送上我们的聆听——

梨花满树时，春天就会开口说话……

香清溢远

越过了时空的旷野，我听到了花开的声音。

如同飞天之彩练舒展，清晨之曦光吐珠，野马之扬蹄长嘶……

是不羁的精灵！

寻觅。

在似水的年华。

潮起潮落，云卷云舒。痴心不改。

啊，亭亭而清新的女子就在你的面前，梦境已然成真！

天空明净，池水悠然，群鸟翔舞！

欢欣，竟无法度量——

冰欺虫噬的岁月，远离了——那处伤口，早已结痂；

磨砺而出的守望，由翠而碧了——风过处，阳光绵延不绝；天上的云，化成白莲朵朵，执着于绿波之上；季节的酒，散出清香鲜浓，袭袭于天地之间……

是谁注视着这一切，并用深情诠释宁静以致远——

触类而旁通？

荷香鸭肥

时光飘远，掀开那帘记忆的门——

家乡的六月，是丰盈的季节啊：

阳光丰盈了父辈的脊背，麦子丰盈了古老的仓廪，汗水丰盈了承载安宁和幸福的大地，而我，丰盈了村口的荷塘……

密密的莲叶撑起了欢愉，池塘就在欢愉中绽开。漾漾淼淼，粼粼闪闪。

清香亭亭，是飘落凡尘的仙子么？结实以莲子，献给人间全是爱……

我就是那水中的游鱼啊，和着鸭群的诗意嬉戏。碧波绿水，白羽红掌，嘎嘎呱呱，嗡嗡嘤嘤——

夜晚的沉寂在不经意间突破，丢失的童趣在膨胀的夏日里拣回……

肥硕的笑声，借着飘远的荷风，洒遍记忆的每一个角落！

家乡因此而伸手可触，任岁月漂流；

乡情在先生的呼唤中随处可撷，起源在你我心底。

樱花鸳鸯

花相伴。水相依。

千百年了，月枯了还满，风瘦了还盈。

厮守的愿望依旧，祈祷依旧。

时间之潮冲淘出悠远，感情才有重量——

不要轻看这双双对对，那是我们每个人心中都有过的青春倩影；

相依相伴，是心灵的安顿，也是当我们老了，发雪白腰佝偻眼睛花牙齿晃时所能想到的最浪漫的事啊！

如同泥土的柔软，播种的愉悦，天籁的芳香，最朴实最古老最单纯的也往往是最美好的——

犹如春春叶绿，年年花开。

那伸进画面的樱花，那圈圈爱的涟漪，都是先生的拳拳之心，中央是——

珍惜！

飞雪迎春

心被飏起。在鲜活的感觉里。

乘着清冽而来的雪，越过秦皇汉武，飞过唐宗宋祖，径直飘到了今天。

雪，还是那雪，亘古未变。

是临界状态的绮丽！

有白梅铮铮，也暗香浮来；山茶璀璨，笑靥不输鸡鸣；童话般的小鸟，如同经历了蒹葭边的等待，正顾盼生风……

歌声由远而近，不可抵御，太湖石在冬眠中苏醒！

生命的燃点就在这一刻达到！

舒展我们的双臂，迎接吧！

许多美丽的感性的理性的词语争先恐后的涌来，一轮鲜红，开始跃升！

如果说，冬天到了，春天还会远么？

那么，雪飘来，花就在其中了……

春望

系在飞檐上的春，
饱满了我从异乡携来的念想，油菜花瞬间抵达远处的山峦。
而玲珑的线条，在就近的水波中开出蝴蝶结，这遇见的荡漾，
美如初恋。

我在指归阁恰到好处的韵脚里倾听花开的声音。
那含苞的阳光仿佛一朵花最羞涩的状态。
柳绿欲靠近那抹红，鸟儿在穿针引线。

麦苗儿的青，在慢镜头里追上了风，风吹来蝶翅的热爱，
我呼吸此时的青涟。
低处的柔暖融化在锁骨一样的香里，是谁，在四野横渡，
如毂，
用尽十万顷天空的蓝。

有一辆单车在春色中穿过，鹤一样，迎风招展。
一朵一朵祥云，于远山的深处浮起舟楫，渡盈盈的爱，也接受
由此产生的琴音，
是四月，我在人间……

土地

朝向天。

抱紧深扎的根和胆小的呼吸，一寸寸，留下可以伸展的种子，
道路，地基，鼓动不断加深的季节，

转移风，吸收那个干练的背影，

让丰饶一遍遍迷人。

让浮起陶罐的夜成为底色。是里社之神。

是歌唱的源头，仿若越来越透明的时间，擦拭坚定不移的灵
魂。

因此有了诗与远方。

一万只麻雀飞在散养的和谐之上。

一朵芦花的吟诵，只有斜着的阳光，才能抽出其中的红，抵达
锦瑟一样的

感恩。

——且憨且厚。

在包容的味道里，每一种都能蹲下来，陪伴：

在那片开阔的夕光中，穿着土黄色布衫的母亲。

河流

从毛孔间迤逦而来。撇开一条条山谷，
听雨。

听针叶林阔叶林以及石头在寻找家谱的脉动。而水族们的和解，是在裹挟的泥沙沉寂之后，一粒粒发着光的水波长出更明亮的流淌
——平缓的脚步，谁说不能抵达，
谁说不用铭记？

在入海口，月色从涟漪中捞起怀想，让叶脉一样的铺陈，拓印闺秀鹤的又一次展翅——
有源头在，就有心境的开阔，
就有绵绵不息。

岸边的稻花香，一定知道另外的回声：
他挽留过夕阳，
也曾带着一万里外的古渡口，洋洋洒洒，向天上流去……